糖衣炮弹

致·元气少女们——
即使我们有着最远的距离，
我也希望路过的风，能转个圈去拥抱你。

糖糖主编

糖衣炮弹

小甜点の故事　补充每日糖分

❤
3

恋与反差萌

长江出版社
授权图书

心动的信号

傲娇粗线条学霸
笨蛋吃货什么时候懂我

心直口快小甜心学渣
我的男神怎么还没开窍

by/九月响

Sweet

言语表达太难懂
是诱惑、是线索，还是不敢想太多
只知道这信号代表我心动

同桌同桌同桌！(*╹▽╹*)

嗯。

为什么每次转发抽奖最后中奖的都是顺手转发的你啊！

......

¥ 恭喜发财，大吉大利！
领取红包
微信红包

我不是受金钱诱惑的人！

?

(〃'▽'〃) 请我吃火锅吧！

我不吃辣。

ヽ(o`皿'o)ﾉ那就鸳鸯锅！不能再让步了！

......你今天不是留校罚抄吗？

......今朝有酒今朝醉，吃了这顿再补习！

嫌弃。

干吗又嫌弃我，学渣怎么了！吃你家大米啦？（`·ω·´）

吃我请的火锅了。

(·´ω`·)

好了我去上分了，之后再说。

对不起哦～打扰你玩游戏啦！

原谅你了。

o(╥﹏╥)o

我不厉害点怎么带你上段？

ヾ(❁ﾟ▽ﾟ)ﾉ

而且，不随便哄别的女生是对女朋友的尊重。

Σ(´△`)？！你有女友了？？？

……所以。

晚上8点，请我女朋友吃老街火锅。希望女友准时到达。你来不来？

 Ν/ᴧᴧ/Ν 来来来！！！！

第 三 个 问 题

THE THIRD QUESTION

你见过的最低情商的表白
"翻车"现场是什么样的？

跟喜欢的人表白
大概是很多人都想做的事情，
然而表白技巧不熟练不走心，
可能一不注意就会"翻车"。
表白现场能尬到什么程度？
你认识的最没眼看的低情商对象是谁？
见识过什么让你开心不起来的表白经历，
说出来大家一起
开心开心！

@Q 秦歌入梦

下课打扫卫生，只剩下我和一个男生打扫（后来我才知道他清场了）。我正打扫着，那男生突然对我说："……我喜欢你。"我当时就惊了！因为一周前班里还在流传他和另一个女生的绯闻。我："欸？你不是喜欢那谁谁吗？"男生沉默了一会儿："嗯，其实，我觉得你们挺像的。"嗯？挺像的？

@ 狡鱼四博 -

男方召集一大帮朋友冲到女生宿舍楼下，大喊："我好爱你啊！做我女朋友吧！"周围朋友带动群众大喊："在一起在一起在一起。"喊了五分多钟。女生宿舍终于有人出声："你倒是说你是谁！喊的是爱谁啊！"

@2000 年 06 月 12 日

收到的情书，问："你愿意当我的什么？"然后有选项：A.女朋友 B.女朋友 C.女朋友 D.老婆
我："……"笑哭了，真是可爱的男孩子啊。然后，都没回复就各回各家了……

@ 某科学的死宅

人家给我表白，我以为他借钱。

@ 我的 balance 很好的

一男生和我朋友表白："……我对你有点好感，虽然你有点胖，但我喜欢你。"我朋友后来给我讲的时候说："我当时听到'胖'这个字差点气死，都没认真听他在说什么！"不过他们最后在一起了，现在小吵小闹秀秀恩爱。

@1314jxy

男："我想请你吃饭可以吗？" 女："好呀，不如你请我吃一辈子的饭啊。"男："什么，你怎么这么不要脸让我请你吃一辈子的饭？！"说完站起来就走了……就走了，走了。女："……"

@ 璇玑阁小主

低智商的可以吗？有一年寒假，同学："怎么办，他居然出国了，他是不是去留学再也不回来了，嘤嘤嘤……"我："啊，那你要不要告白啊？抓住最后的机会？"她："好。"结果被拒绝了。寒假过后，那个男生回来了，他们同班同学，一时间非常尴尬。我："……"

@ 面团团沾了糖

反正他看不到，悄悄留个爪。小哥哥比我大7岁，大一的时候喜欢过他，那段时间他说自己很过分，追问之后他才说看上了一个挺小的妹子，我当然不想他们在一起，就说了一句："过分！"后来我被一个我们共同的朋友骚扰，找他吐槽的时候他犹豫了很久，然后说："其实当初，我也想跟你表白来着。""……"

@ 扫晴是个妖怪

哥哥跟我说他以前给嫂子表白的时候是这样的——大学在宿舍楼下等着嫂子出来。男："和我在一起吧！"女："……"男："我会一辈子对你好的！"女："……"男："你回答我一下呀。"女，掏出电话："喂，姐你快下来呀！你喜欢的那人把我当成你表白啦！你再不下来我就把他收了！"嫂子下楼就将我哥一顿暴揍，边揍边吼："你是不是认错人了啊？！双胞胎招你惹你了？！"我听嫂子妹妹说这件事的时候在沙发上笑爆，哈哈哈……

@Donor 居异不姓白

我们班一个男生和一个女生暧昧很久，但没有互相表白，校篮球赛比完后女生去扶他给他递水，全班起哄，男生红着脸说："谢谢。"女生问他："你喜欢我吗？"这时班主任从旁边幽幽走过，男生一下子把手放在下巴上装思考，特大声地说："关于那道数学题，我还需要想一想。"然后就……没有然后了。

@ 不挖坑的莫语谌

男生鼓起勇气递给女生一朵玫瑰花。女生："谢谢！"然后兴高采烈地接过玫瑰花，转头跑去交给了自己喜欢的男生……（没错前面那个男生就是我）

@ 苏伐刺那

我老公第一次表白的时候："我就喜欢你这样……"顿了顿，"白白胖胖的……"我："……告辞！"

@ 血荒小笼包啊

起哄翻车现场算吗？之前一男的追我我没答应，转头追我舍友一周搞定。正好赶上班级聚会，男生公布恋情拿我做铺垫，大家起哄了半天才发现对方女友不是我，就都很尴尬地沉默了……

@ 顾言青隐

就昨天，当天认识的一网友，二话不说先发红包，聊了几句之后就在表（zuo）白（si）的路上越跑越远。 一本正经："我一直在等一个人，等了这么多年。"我："是吗？"二本正经："是的，我已经等到了。"我，冷漠脸："哦。" 三本正经："她好像还不知道，有点傻。我喜欢你。"我："滚。"

欢迎在《糖衣炮弹》中展示你最欢乐最无奈的经历。时间带给我们的不只有爱情、成长、财富……还有关于人生的思考。时光永恒，唯爱不灭。有一颗善于发现的心，生活便永远不会辜负你。更多话题互动关注微博@糖衣炮弹MOOK

012 / 最萌身份差
万年小透明 × 温柔大神

小透明
by 扶他柠檬茶

034 / 最萌运气差
氪运非酋 × 人间锦鲤

我不可能运气这么差
by 沈浣

090 / 最萌手速差
手残指挥 × 高玩掌门

指挥，您说话
by 风小赞

054 / 最萌年龄差
佛系小姐姐 × 热情小奶狗

艾特了一个女朋友
by 柚子多肉

122 / 最萌性格差
女汉子 × 闷骚绅士

你和我在一起就是为了
我的实验数据
by 西线

076 / 最萌职业差
高冷女兽医 × 易推倒花店男老板

纸花
by 杜桐七

152 / 最萌专业差
套路心理医生 × 傲娇警探

蠢货
by 喵大人

恋 / 与 / 反 / 差 / 萌
lian yu fan cha meng

目录

Contents

167 / 最萌**智商**差

霸道正气警察 × 傻白甜软妹

和傻瓜谈恋爱是要
上缴智商税的

by 喵咪戴戒指

---

184 / 最萌**爱好**差

皇马铁粉 × 巴萨死忠

只想打败你

by 小胖纸

---

195 / 最萌**胆量**差

步步逼近 × 节节败退

陪伴是最长情的告白

by 汤圆

---

218 / 最萌**身高**差

一米九学弟 × 小奶猫学姐

阿拉斯加和虎斑猫

by 貉稚

---

237 / 最萌**人设**差

瘦高冤家 × 软糯娇花

世界上最浪漫的三个字

by 鱼子酱

---

262 / 最萌**家世**差

抠门理财家 × 霸道大小姐

今夜月色很美

by 叶离

---

283 / 最萌**脾气**差

暴躁帅哥 × 软柿子

他好像也喜欢我

by 予棠

> 最 萌 身 份 差
>
> ×
>
> 小 透 明

Text / 扶他柠檬茶

扶他柠檬茶：严肃的文字工作者。其他的事情，你们还小，知道太多对你们不好……已出版《谁都不服就扶他》《云养汉》，更多趣闻关注微博 @ 扶他柠檬茶，包治百病。

01

萤团团上周因为那个叫色甘的大神，掐了一架。

两人是同一个网文平台的网文写手，不同就在于色甘出名，很出名。

萤团团刚刚大学毕业，本名泯然于众生，叫作徐荧。进了一家做家装服务的中日合资企业实习，闲的时候码码字。

萤团团崇拜色甘，她会去写小说也是受她或者他的影响——色甘的性别信息是保密的，没举办过线下活动，但大部分粉丝认定这是个女写手，因为文笔细腻，感情线清爽又够苏，没有乌烟瘴气的恋爱脑。

两人新的小说刚好都是悬疑题材。萤团团的一个读者在微博里评论两篇文：色甘大神的发挥还是很稳定的。但是给你们推荐一个叫萤团团的新人，同样的题材，她发挥得不比色甘差……

有人不服：少在那儿夹带私货的，听都没听过那个什么团……

读者：你少给我抬杠！

对方：这都算抬杠？你是那个什么团的小号吧？专门来蹭色神热度的？

……

战火就此展开。

02

萤团团的读者，全网大概不超过五百个。

色甘是五十万，这是有数据记录的，具体数字可能在一百万上下。

读者被人喷了，连带萤团团一起被喷。第一次扯进掐架就是和自己的偶像扯在一起，她上班的时候脑子都是空的。

因为粉丝量压倒性的差距，这场战斗没什么好说的，基本是一面倒的碾压——微博连着三天被谩骂填满，基本没有办法刷。喷子们才不管整件事本来是啥样的，无非是找到一个刷存在感的舞台。

萤团团同样不管，她没这方面的经验，对方骂一句她也骂回去，本来两天就平息的事情，硬生生越闹越大。

唯一还算欣慰的是色甘马上发了条微博喊停。

但哪里喊得住。

她关了微博继续上班，上着上着，突然就趴在办公桌上哭了起来。上级被她吓得半死，以为是要她负责的那个客户太难缠了——他们是做家装的公司，有的客户难缠起来简直如同凶狠可怕又贪吃的森蚺。

"那个……小徐啊，"经理小心翼翼地叫了她一声，"那个纠结复合地板的老头……还是交给我吧，这边有个客户比较好沟通，你去负责他？"

徐荧："经理，我不是因为工作上的事儿哭……"

经理："哦哦，这样啊，那没事，你继续负责那个老……"

徐荧："不过谢谢你，我去负责新客户了。"

经理："等等？"

虽然难过，理智还在。一听能换客户，莹团团立刻拎起包，问经理要了对方的资料，冲出公司前去客户家中。

客户家住得有点偏。本来打电话问候时说会下午两点到，结果她在那儿迷路了。

"没事的。"客户倒是真的如经理所说，十分好相处，"我没其他安排，下午都可以等你。你下了地铁，出2号口，朝着一块红色的杂货店招牌走，到下一个红绿灯路口……"

莹团团跟着指示一路小跑，慌得只知道道歉。对方笑着安慰她："没事，慢慢走，别绊到了。"

话音刚落，她就"吧唧"一下，被地砖绊倒在地上，手机屏幕也磕碎了。

莹团团："对不起对不起，我平时真不是这样的……"

客户："你没事吧？要不要我来接你？"

莹团团哪里敢要客户来接，连忙保证自己没事，一瘸一拐踩着中跟鞋继续找路。到客户家门口时，就看到对方已经开了门，人就站在门前，一脸惊愕地看着她的惨状。脚踝好像扭伤了，两个膝盖上全是血痕。手掌因为撑地的关系也磨破了。

客户是个比她大几岁的青年，姓韩，很清爽高挑的一个人。韩先生也顾不上谈厨房的排烟系统还有地暖了，拿了医药箱给她处理伤口。

酒精擦在伤口上的刺痛让她差点喊出来，但面对客户，不能继续失态了，只能忍着。

"擦伤应该不用邦迪，我替你涂了点消炎和止痛的凝胶，干透后再站起来吧。"韩先生苦笑，"我还以为会是刘经理来……这里有点偏，我特意嘱咐不要派姑娘过来……"

萤团团羞愧得不敢看对方，盯着自己膝盖伤口："谢谢。不能再耽误您的时间了，厨房的排烟系统我们有重新设计，把排风口那边的动力增加了。这是改装后的效果图。"

纸质版的效果图递过去，她还想用手机把电子版的也发过去。

可手机屏幕裂成了蛛网，彻底寿终正寝了。

韩先生看她慌得头上冒冷汗，不停安慰她。

萤团团站起来："我包里有 iPad！用那个传……"

没想到刚刚站起来，"嘶"的一声又蹲了下去。

她扭伤的那只脚站不起来了。

03

人体是这样的。

当在极度焦虑的时候受伤，受伤时不会立刻感受到痛楚；只有等紧张情绪过去，真正的伤痛才会表现出来。

莹团团站不起来了，她从来没有受过这种伤，不是扭伤，而是脚踩下去的时候，脚踝和脚掌像是错位的轴与面，连接不到一起。扭伤的地方泛起了不祥的紫色，不止是红肿。

"我……我真没事……"她说话都带着哭腔，"对不起，韩先生，真的对不起……我平时真的不是这样的……对不起……"

"不，你别急，这种是突发状况，"韩先生看着她脚背的情况，说实话也慌了，"你这不一定是扭伤了，我带你去医院拍个片吧。"

"我们，我们先谈厨房和地暖……"

韩先生扶额，递了手给她，把人扶了起来，开车去了附近的医院。

最后拍片结果，骨裂。因为穿着中跟鞋直接崴下去，情况严重，不能只靠静养，需要石膏固定了。

医生把韩先生当成她家属："伤的脚两周不能落地受力，记得来换石膏，之后还有复健……"

韩先生送她回家，萤团团担心耽误他下午工作，他摇头："我自由职业。"

是，资料上写的确实是自由职业。

用备用手机联系上了经理之后，毫无悬念地挨了一顿狂风暴雨的骂。他们公司主打服务，实习员工居然能反过来给客户添那么多麻烦，没有开除纯粹是因为韩先生提前给经理发了消息，让他别怪徐荧女士。

那天晚上，色甘的连载少有的停更了。萤团团的微博收到了一条私信，发信人是色甘。

色甘：抱歉，我和我的读者给你添了很多麻烦，真的不好意思……

她呆了几秒，把手机关了，没回。

等两周后略能走动了，经理带她去韩先生家登门道歉。两人拎着果篮和点心鞠躬，韩先生请他们进去坐："水果给我，我洗了一起吃吧，刚好谈一下厨房和地暖。"

哪里敢让客户洗水果。她忙抢先带着果篮进去找水斗。厨房在进去左转第二间，萤团团穿过走廊时，看到书架上摆着许多书和杂志。

是色甘的书。

"那个是样刊，想看的话随便拿。"韩先生的声音从客厅传来——他看见她在书架前站着。

萤团团写文时间不久，但样刊是啥还是听得懂的，脑子里"轰"的一声。

"韩先生是……编辑？"

冷静想想，不，他可能是色甘的编辑啊。编辑也会有样刊的。

韩先生说，是码字的。

轰，轰轰轰。

自从那件事之后，萤团团没再更新连载。不过在小说里，男主角假如有真实身份，至少也要在五分之三的地方才能真正揭开。

她死死盯着韩先生。趁着经理不注意，萤团团溜到他边上："您的笔名……叫色甘吗？"

韩先生点头，很坦然。

萤团团："我是您的粉……"

韩先生："哦哦，谢谢。"

还是很坦然。在小说里，男主角的真实身份被人揭穿，至少也要欲拒还迎否定一下才对吧。

可如果设身处地想想，一个几十万粉的写手，估计每天都能收到一大堆告白私信，对于"被人告白"这件事情，情绪平静得应该如同一个躺在解剖台上的死者……吧。

她还想说两句，经理发现她悄悄蹲在旁边："徐荧，你过来，把地暖系统的设计和韩先生解释一下。"

她匆忙过去拿图纸，韩先生叫住她。

"要加你微博吗？"他问，"以后你催稿方便点。"

"微博……啊啊不！不行……"

太尴尬了，要是没那场掐架，她肯定两眼放光卜夫抱大腿求互粉；现在要是被他知道自己就是萤团团……就算两位正主之间没有掐，可终究是……

"徐、荧？"

经理的音调提高了。他听见徐荧对客户说"不行"。

他们来道歉，徐荧居然还敢说什么不行——用职场上的规则来说，客户希望加微博，哪怕没有微博，都要当场开一个然后加上。

韩先生说，算了，是我唐突了。

不，客人是不会唐突的。

秉持着工作族的职业素养，萤团团觉悟地掏出手机，给他看了自己的微博首页。看到那个名字的刹那，他的眼睛微微睁大了。

然后，什么都没有说，只是笑笑，很自然地加上了好友。

十分钟后，色甘的微博发了条消息。

色甘：萤团团来我家玩啦，带来的水果超好吃！

配了张水果的图，还加了柔光滤镜，很有软妹气息。

04

萤团团的专栏粉丝从来没有以这样的速度增加过，大部分人都是因为色甘那条微博才摸过来的。

萤团团给他发消息：妈呀色神，我我我慌了……

韩先生：稳住，别慌。你照常更新，别忘了我家地暖的工期。

脚伤也好了，工作也顺利了，微博上还和色甘互粉了——总之诸事顺利，她码起字来顺溜得风生水起；那边，色甘最近好像在忙其他的事，更新慢了许多。

所以她去韩先生家谈工作结束后，都会顺带催一下稿。

"不过读者都以为你是个妹子……"周末的时候，两人约好去咖啡店一起码字，萤团团又翻到微博上有色甘的粉丝在争论他的性别——其中很有力的一条证据是，色甘有一条很早期的微博，发了一条新买的裙子的照片。"呜啊……要是被她们知道，肯定会引发轰动的。"

"裙子不是我的。"

"那是谁的？"

"给前任买的。她把我甩了。"

萤团团埋头打字，不敢多问。对面，韩先生打字的声音停了。

她觉得，他还是喜欢那个前任的。自己也是色甘的粉，知道那条裙子照片的微博。

要是不喜欢，为什么还留着微博不删呢。

萤团团其实后来还去查过，微博还在，确实没删。是一条白色连衣长裙，其实女孩子很少会买这种裙子，因为太容易弄脏了。

色甘每篇文里的女主角，无论古代还是现代还是未来科技，都会有类似的这样一条纯白的裙子。这个特色被读者吐槽为色神的直男审美，号称"女作者里没有审美比她更直男的"。

所以他的前任是个喜欢白裙子的姑娘？萤团团下班回家，在地铁上看到穿着白色连衣裙的女孩都会忍不住走神。韩先生以前就和这样的女孩子站在一起，走过人来人往的街，然后在脑中徘徊出一个个的故事？

她路过服装店，橱窗里展示着一套白色西装裙，适合日常通勤。

不是那种很少女气息的连衣裙。但是鬼使神差地,萤团团走进店里,把它买了下来。

下个月,韩先生家的地暖就改装完毕了。如果没有意外,她也该从实习转正了。

去他家的理由一下子少了——转正后,估计就会按照工作小组,固定跑一些商场或者商铺店面的客户。

周末他也会约她去咖啡店一起码字,对坐着也不说什么,只能听见对面断续的打字声。情人节那天是周末,韩先生周五更了一篇小番外,在文章末尾的附语栏里写:团团,明天要不要一起出去码字?

萤团团给他发消息:呜啊色神你怎么知道我最近特别想找人拼字数的!

韩先生:你说过下周一是从实习到转正的考试啊,肯定压力爆炸。人就是这样,越忙越焦躁的时候,摸鱼码字的动力就越强。

发现这个定律的人,简直是个人性研究的天才。

不过她也发现了一些奇怪的事情。

比如对坐码字,她键盘声音噼噼啪啪,但对面的韩先生那边,声音频率则慢了很多。

"那个……老师，"她探头出去，"你最近，是不是很忙啊？"

"啊……前一段时间工作强度太大了，最近思路有点接不上。"

"这样哦，好多天没等到你更新那篇文的正文了……"

"哈哈哈，肯定不会坑的。对了，明天你不是要考试吗？那怎么还来我家做最终效果的检查？"

公司的规定，家装完成后一周，负责人要去客户家进行回访拍照，再做一个满意度调研。莹团团上午去他家回访，下午回公司考试。

韩先生感慨工作族真是辛苦，一边提醒她，明天天气预报好像还有雨，来回奔波估计很吃力。

是啊，不知道是多大的雨呢……

打字的动作停了，她怔怔看着落地窗外的天色，阴云一片。

第二天她从公司出发去韩先生家，老天用实际行动回应了她——是倾盆暴雨。

05

落汤鸡一样抵达韩先生家时，莹团团发现了一件令她崩溃的事。

这是人生中第一份正式工作，第一次转正考核，所以为了这场考试，她今天穿了那天买的白色西装裙套装。结果全市暴雨，路上不知道是被什么泼溅到了泥水，背后一片污泥痕迹。

而且还不是她自己发觉的，是韩先生看见她后背才提醒的。

"啊啊……不好意思，老师家附近有什么服装店吗？快销品牌那种就行……"

"我帮你搜了一下，貌似没有。"韩先生用 APP 把附近的服装店快速搜了一遍，这地方不是市中心商圈，附近没有合适的店面，"或者你穿那条裙子吧。"

"欸？"

"我去拿。"

过了一会儿，他拿着一条用防尘罩盖住的裙子过来了。罩子拉链拉开，是那条白色连衣裙。

"虽然不是正装，但是挺简洁的，应该没问题。"他把裙子抖了抖，熏衣料的香味涌了出来，"团团，你试试吧，你和她身材差不多。"

萤团团坐在那儿，一时没回答。

这是他前女友的裙子啊……

"团团？该不会又要哭了吧？"

见她晃神，韩先生把裙子在她眼前晃了晃。萤团团突然捂住脸："这样不太好……这个……老师好像还是很喜欢她……"

不对，自己在说什么啊？！

她盖着脸，愕然睁大眼睛，为刚才几秒内的语无伦次懊恼。韩先生呆了呆，旋即苦笑着将裙子折好，搁在她膝上。

"没事，她没穿过。"他说。

韩先生说，他还没来得及送给她。

"但就算这样，也很不合适啊！万一以后又想送她，结果给我穿过了……我不是说不能重新买，就是，那个……其实老师，还是很想把这条裙子送给她的吧……"

她说了不该说的。

不管是从什么角度，这都不该是她说的。负责人与客户的关系？粉丝和偶像的关系？朋友关系？韩先生是否挂念前女友，她管不着。

两人之间静默数秒。大致明白她纠结的点，韩先生在她身边蹲下，笑着用指尖揉着太阳穴。

"——以后也送不了的。说是分手，但她已经不在了。"

这间屋子是韩先生的父母留下的。

韩先生的前女友与他青梅竹马，住在隔壁。两家人关系很好，两个孩子从小一起长大，在同一所学校读书，直到高中。

高考完的暑假，四位家长约好去南方旅行，他们俩则去了北京看话剧。

家长没有回来。最后联系当时还是高中生的韩先生的是警察——父母们乘坐的旅游大巴在盘山路上出了意外。去辨认尸体时，女友在停尸房外面昏厥了。她醒过来，躺在宾馆的床上，韩先生在旁边照顾她，让她安心：手续都处理完了，以后，自己会照顾她的。

他们又一起过了几年，去了不同的大学，只要没课，他就坐城铁跨越城市，去她的学校找她。路途漫长，需要两个小时，他就在城铁上用手机写小故事打发时间。

大学毕业后，韩先生用稿费买了条白裙子，准备当做生日礼物。他想等女友穿上它，再约她出去吃晚饭，然后求婚。

"结果，没有来得及送。"他说，"父母过世的事情……是抑郁症。有些人缓得过来，有些人缓不过来……我和她都尽力了。"

他站起身，神情很平静。这段往事，没有其他人知晓，几十万甚至百万的粉丝读者都不知道。这段往事像是太过浓墨重彩的颜料，乍然滴进了名为"色甘"的清水之中。

萤团团穿着白色长裙回到公司。暴雨来去迅速，雨已经停了。

考完了试，下班，回家。她忙碌而简单的人生被突如其来的秘密撞击，就像小时候觉得，考试不及格就是天大的事，长大一点觉得，被老师批评了就是天大的事。再长大一点，觉得那些见不到面的网友在背后叽叽喳喳就如何如何，或者与一个粉丝是自己几千倍的大神互粉了，就激动得睡不着觉……

他不再只是色甘大神或者客户韩先生，而是一个普通而无力的凡人，在每一本小说的女主角身上投射着过去恋人的影子，试图通过这样的方式，一点一滴留存住她的存在。

色甘的小说更新频率越来越慢。不是因为业务繁忙，只是脑海中的音容回忆，逐渐模糊了。

色甘的号在深夜给她发了消息。

色甘：一下子和你说那么多，感觉很失礼……毕竟不是愉快的事情。

色甘：大概是两个月前，开始渐渐记不清她了。样子模糊了，哪怕看照片也会觉得模糊……有天做噩梦，好像身边有很多个她，但声音和模样都在不断改变。醒过来后，我哭了很久。

色甘：父母去世的时候我没有哭，她去世的时候我也没有哭。但那天我突然哭了，自己也说不清为什么。我恨自己，心里不断地愧疚，恨自己没有记住那些重要的人。我是靠着对她的回忆在继续写那些故事，如同走一条越来越窄的路。愧疚就像落石，不断滚落其中。

色甘：和你说这些，是因为我的自私。我不知道该和谁说，我也不能和谁说。色甘这个名字是很多人的幻梦，我不能将血淋淋的往事灌入这些梦里。但是，我真的需要和人倾诉。对不起。

　　萤团团：没事。

　　萤团团：我只是担心你。如果需要帮忙，随时叫我。

　　这话说得太客套了。而她却只能这样说。

　　一想到自己真正想说的话，她就会感到某种愧疚和羞耻。她怎么敢，她又怎么能。

　　哪怕只是残影也好，让他安静地抓住它。自己的感情，只会是惊扰。

　　萤团团放下手机，准备睡觉。这时，手机又收到了他的消息。

　　色甘：不要被我影响，继续写小说吧。读者说得对，你的文风和我很像。

　　色甘：当时我几乎写不下去了，逛到你的专栏，又想起写作时候的状态……然后就想，写得明明很好，粉丝那么少，太可惜了……再然后……

　　色甘：再然后我开了个小号，想推荐你的文。结果……引起了掐架……

色甘：真对不起，真的，以后请你吃烤肉赔罪。

——居，然，是，他？！

一时之间，她睡意全无，从床上弹了起来——那个引发了腥风血雨的读者，居然是色甘的小号？！

06

韩先生在烤肉桌对面，低头认错。

"真是的……我还在担心那个读者会不会因为掐架的事情脱粉……"她抱着胳膊，忍不住旧事重提，"老师干吗不早说啊？"

"这个……这件事毕竟很糟心……重提的话，怕你不高兴。"

"不会的！如果我早知道你喜欢我的文，我才不会管那群喷子说什么！"

怒火伪装不下去了，她兴奋地捂着脸，在沙发上颠个不停。

"对了对了，如果你不是因为家装的工作认识我，会不会发私信给我勾搭我啊？"

"呃，其实第一次见面的时候我就知道了。"

"啊？"

"你的旧手机……"他指指放在桌上的、萤团团的新手机，"旧的那个，当时不是摔坏了吗。然后你去打石膏，等你的时候，手机回光返照了一下。我看了眼屏幕，刚好是你微博的主页……"

"……"

韩先生："从那时候起我就在想，怎么样在三次元顺畅地勾搭了。"

韩先生："故意挑了你上级也在的时候要微博，怕你拒绝……"

萤团团："您可真是个天才。"

这次出来烤肉，还要顺带把裙子还给他。韩先生收了。萤团团叹气："你也觉得，确实不合适吧……"

韩先生点头："是不合适。版型不是特别合适。"

韩先生说，下次给你再买一条合适的。

裙子之前就送去洗过了，外面罩着防尘袋。他们一起回了韩先生家——他买了新的 NS 卡带，游戏适合双人玩。

"编辑问我想不想开签售会，"游戏的时候，他忽然提起这件事，"我答应了。"

"那么，性别就要公布了哦。"

"对啊。预计下个月。我给你买的裙子，那时候应该也送到了。"

"啊啊啊？！已经买了？"

"嗯，你穿上那条裙子之后不久，我就去买了适合你的。"他的人物被子弹打中了，倒地不起，留萤团团孤军奋战，"你愿意穿上新裙子，陪我去签售会吗？"

人物倒下后，倒数五秒就会复活。过去的伤口与痛苦会被掩埋，记录在代码之中。

而人物会重新站起来，走向自己的剧情。

签售会之前的半小时，微博上又发生了一场掐架。

之前那个引发过腥风血雨的读者在那条通知色甘签售会的微博评论里说：今天萤团团也会来，是色甘请的特邀嘉宾。

网友：哈哈哈哈为什么又是她，又来蹭我家色神的热度吗？

网友：干啥请一个只有一千粉的小透明啊，这是抱大腿自己死皮赖脸要来的吧……

读者：才不是！真的是色甘请来的！

读者：她今天裙子可好看了，是色甘挑的。

网友：你确实是那个萤团团的小号吧？这种野生小透明怎么总给自己加戏？！

读者：你才是评论区演员吧！

……

两人在幕后看着手机里刷屏的掐架，神色各异。韩先生气得敲桌子："不行！我要脱马甲上本尊！"

莹团团："你冷静点，冷静点。"

韩先生深吸一口气："对，冷静点，说重点。"

读者：根据可靠消息，色甘是男的。

网友：戏精。

莹团团斜眼看他：对，戏精。

读者：而且还准备追莹团团，虽然成功率未知。

网友：戏精。

莹团团：对，戏……

莹团团：什么？

微博上，五十万粉大神和一千粉小透明的粉丝，再次掐成一团。

END

我不可能运气这么差

最萌运气差

Text / 沈浣

沈浣：普通甜文作者，巧克力做的。

01

室友告诉我，把游戏 ID 改得智慧一点运气一定不会太差。因为她见过一个一百抽三十二个 SSR 的欧皇，他的名字就叫作"仪器分析学"。

我信了，我花了两块钱，把自己的 ID 改成了"高等数学"。

于是这款手游新活动开始的当天，我顶着自己的新 ID 兴致勃勃地开始直播抽卡。

"我要逆天改命了！"我点开抽卡界面，在直播间紧张地说道。

直播间里瞬时刷起了一大波"哈哈哈哈哈"的弹幕，看得我悲从中来。

"哈哈哈哈哈哈哈哈讲个笑话：林小白要逆天改命。"

"哈哈哈哈哈哈哈哈哈小白你放弃吧，你是欧皇的话我们还看你直播干什么？"

"小白！就算你把名字改成高等数学也不会让你的血统改变的！"

"小白，我们众筹买船票都没法让你偷渡到欧洲啊哈哈哈哈哈！"

"我觉得小白你去和仪器分析学认识一下，沾点儿欧气才是最有可能让你逆天改命的方法。"

我辛酸地揉了揉鼻子，觉得自己可能是史上最悲惨的游戏主播了。

"你们都闭嘴吧。"我悲愤地说，"这五百抽我都抽不到 SSR 的话，我就……我就……"

我结巴了半天，也没想好要干什么。

弹幕倒是纷纷在帮我出主意。

"你就女装出镜！"

"你就去拜仪器分析学为师！"

"你就直播吃火鸡面哈哈哈哈！"

"你就每天直播用 R 卡打竞技场！"

"什么叫我女装出镜，我本来就是女的好吗？"

这件事情我解释了一百遍，他们还是不信，始终坚持我用了变声器这个观点。

果然，我才说完这句话，弹幕就刷过了一片"我不信我不信"。

"那我真女装出镜了，露脸就露脸！"我说，"到时候你们都给我跪下道歉！"

"所以林小白你是默认自己抽不到SSR了吗……"

对哦。我为什么要这么激动啊。

"那我呢？"

你什么你啊，看着这条弹幕我觉得莫名其妙，正打算略过，却没想到直播间里突然爆炸了。

"啊啊啊啊啊啊啊啊啊仪器分析大佬！"

"仪器哥哥我爱你！"

"仪器哥哥来小白的直播间了哈哈哈哈哈哈哈！今天小白可能真的要逆天改命了！"

"哈哈哈哈哈哈小白，仪器哥哥要你拜他为师啊！"

我愣了愣，把飞速滑动的对话框往上拉，看到了说那三个字的人的名字。

一个带着金V的ID：仪器分析学。

我懵了。

他什么时候来我直播间的？我是不是要红了？

作为一个靠非气吸引广大玩家的手游主播，我的直播间人数一直都不温不火。别人还说女主播一般都赚的多点儿，我，一个播音系在读的游戏女主播，硬是被自己的粉丝默认在用变声器，实在是很惨。

而仪器分析学就不一样了，他是真的欧皇，运气好得让人怀疑他在游戏有后门，声音还好听不做作，被人叫作"初恋少年音"，直播间人数百万，我连他的零头都够不上。

"我觉得我要抽到 SSR 了。"我很激动，清了清嗓子说，"仪器大佬都来我直播间了，我肯定能抽到 SSR。"

"抽不到怎么办？"

"哈哈哈哈哈也不一定哦。"

"欧气与非气的对决，让我们拭目以待。"

在一堆闪烁得飞快的弹幕间，我看见仪器分析学又说了一句话："抽不到就拜我为师吧，哈哈哈。"

"就冲大佬这句话！我一定能抽到的！"我喝了一口水，冷静了一会儿，看着直播间飞快跳动的弹幕，终于开始抽卡了，"今天抽五百张，开始了。"

当天晚上，我的直播间人数达到了历史新高。

我花了一个小时抽了五百张卡，一开始还信心满满，到了最后，看着满直播间的"蜡烛"和"哈哈哈"，我简直心有戚戚。

这游戏是不是和我有仇啊！

"最后一张了。"我不抱希望地说道。

"小白不哭，就算抽到了 SSR 我们也依然爱你！"

"小白不哭，抽不到你就可以叫仪器大佬师父了！"

"小白加油，他们不是人，我相信一个人的运气不可能这么差的！"

"我已经看到了结局，小白我先给你点根蜡烛吧。"

在四十万观众的注视下，抽卡的音乐响起，聚光灯从屏幕上方打了下来，卡面终于翻转了过来。

R 卡。

直播间瞬间出现了无数个"哈哈哈哈"，我的粉丝冷酷又无情。

就在这时，我的微博突然收到了一条私信。

仪器分析学：加个好友吧。

简直是寒冷冬夜里唯一的温暖。

02

于是我和仪器分析学就这样认识了。

我室友知道这件事情的时候简直妒忌得发狂："你知道他声音有多好听吗？你别和他打字，你让他发语音，真的超级好听！"

我："还行吧。我声音也很好听好吧？"

室友："得了吧，我天天听都腻了。你天天都在做声音训练算什么，人家仪器大佬那是纯天然无污染的好听好吗？"

我："绝交了啊！"

虽然嘴上说着还行，但我内心还是十分认同我室友的观点的。

第一次和仪器大佬聊天的时候我就十分真诚地赞扬了他。

我：仪器大佬，你声音真好听。

仪器分析学：嗯，你声音也挺好听的。

我连忙解释：我没用变声器，我播音专业的，直播的时候是故意那样说话的，就当是练习，我平常说话声音会稍微不一样一点。

仪器分析学：我没觉得你用变声器。

看到他这么说，我简直感激涕零。运气好的人果然心地善良明察秋毫什么都好。

　　我：呜呜呜谢谢！

　　仪器分析学：这有什么好谢的。

　　我：就是谢谢！大佬你太好了！不过你是化学专业的吧？

　　仪器分析学：这都被你知道了。

　　我：哈哈哈不然为什么叫"仪器分析学"啦。

　　仪器分析学：取名字的时候抬头正好看见这本课本就用了，其实也没别的意思。

　　我：我把名字改成高等数学还是非得难以置信，果然还是要看人的，大佬你到底为什么运气这么好？救救孩子吧！

　　仪器分析学发了一个笑脸过来。

　　我：？？？

　　仪器分析学：有点难救。

　　我盯着手机半天，都不知道该哭还是该笑。

　　我：反正我都拜你为师了，你看着办吧。

　　仪器分析学：行吧，让我想想。

　　03

　　虽然我运气确实差得绝无仅有，但那天直播抽卡收到的礼物还不少，也算非得有价值了。

　　室友看着我那条五百抽零SSR的视频在微博上被狂转了几万条，感慨说："林小白，你红了。"

　　那时候我正在忧愁露脸的直播要怎么搞，研究了半天也不知道该买怎样的摄像头。最后我干脆在微信上问仪器大佬有没有搞过露脸的直播。

"你还和仪器大佬认识了！"室友坐在床上指责我说，"严格意义上来说，这是我给你俩牵的线。你要感谢我。"

仪器大佬很快回复了我：没有，但是我有朋友搞过。你想问什么？

我根本没想到他会回这么快，内心简直幸福得要命。这位欧皇人也太好了吧。

我连忙握着手机转头和室友说："谢谢谢谢，您真是我命中的贵人！"

室友从床上跳了下来，笑眯眯地说："所以，第一，你要请我吃饭，隔壁水华路的傣妹火锅就行；第二，你要给我要仪器大佬的签名，爱你么么哒。"

"行吧，请吃饭就请吃饭。一会儿就带你去。"我重新低头看手机，手一松却发现自己突然发了一条十几秒的语音给仪器大佬，我愣了半天才手忙脚乱地撤回。

一秒钟后，仪器大佬给我发了一个笑脸。

仪器分析学：晚上要吃火锅啊。

他还是看见了。

我：不好意思啊大佬，刚才按错了。

仪器分析学：没关系，挺巧的，我晚上也想吃火锅了。

04

带着室友跑到水华路的时候我特别高兴，一方面是仪器大佬给我安利了好几款摄像头，另一方面是因为想到今晚我们都要吃火锅。

世界上能当晚餐的东西这么多，为什么偏偏是今天，为什么偏偏是火锅呢？

这不是缘分是什么？

室友踢了我一脚："你别傻笑了，到人家店门口了。"

我："你对我好点，你还想不想要仪器大佬的签名了。"

室友只好收回脚，幽幽地看了我一眼。

走在我们前面的几个男生突然回过头看了我们一眼，其中一个长得眉清目秀，戴着一副金丝边眼镜，帅得有点让人脚颤。

他和我对视了一眼，微微笑了笑，才转回了头。

我和室友在原地愣了几秒，互相看了一眼，才走进了火锅店，十分默契地选择了他们隔壁的座位。毕竟吃饭的时候有帅哥看，也是人生幸事一件。

热锅底的时候我拍了一张照，给仪器大佬发了过去。

我：番茄牛腩锅，我的最爱。

仪器分析学：好巧，我也喜欢。

我：你不吃麻辣锅的吗？

仪器分析学：南方人，不怎么会吃辣。

我：好巧，我也是欸。

室友还在认真地观察隔壁那一桌帅哥，小声地同我汇报。

"应该是隔壁学校化院的，四个人，大概是一个宿舍的吧。"

"你怎么知道是隔壁学校的？还知道是化学系的？"

"你看一直在玩手机的那个眼镜帅哥旁边的平头小哥，他里面的衣服是球衣，有校徽和院系。"

我仔细观察了半天，还真是。

抬头的时候，眼镜帅哥突然不玩手机了，转头朝我看来，我猝不及防，又和他对视了几秒，好一会儿才艰难地移开了眼睛。

"看到了，还真是。"

"我厉害吧？"

我点头，五体投地："您厉害。"

这顿饭我们吃了近一个小时，也观察了隔壁桌整整一个小时。

"那个眼镜帅哥不吃辣。"

"他们鸳鸯锅的一边也是番茄牛腩！"

"哇，平头小哥很喜欢虾饺的样子。"

"眼镜帅哥涮了第三个香菇了。"

我给仪器大佬发消息。

我：我室友眼睛太好了，她连隔壁桌的帅哥涮了几个香菇都知道。

仪器分析学：……

我：变态吧，我也觉得我们好变态哦！

仪器分析学：认真吃饭。

我撇撇嘴，觉得仪器大佬有时候真的十分严肃。

结账的时候，服务员笑眯眯地端了一个箱子过来，说今天正好有抽奖活动，每消费两百元可以抽奖一次。

我："……不参加可以吗？"

室友也知道和我在一起肯定没什么好运气："我们就不抽了吧。"

服务员大概还没有遇到过我们这样的，就又加了一句："人人有奖，最差也是有一包纸巾的。三等奖是半折券，二等奖是免单券，一等奖今天只有一位，是一个拍立得相机。"

室友叹了一口气，表示其实不用说这么多的。

她伸手往抽奖箱里抓了一张纸片，拿出来一看：一包纸巾。

隔壁桌的男生正好也要结账了，于是在我们这边刷卡的时候，这个服务员又将箱子递给了他们。他们四个人吃得比我们多得多，可以抽三次奖。几个男生笑着把抽奖箱推搡到眼镜帅哥的怀里，他笑了笑，随便地抽了一张卡片出来。

他旁边的平头小哥连忙抢过来一看，而后笑了起来。

"恭喜您！获得了我们今日活动的一等奖！"服务员也满脸写着惊讶。

我猛地抬头，目瞪口呆，为什么长得好看的人运气还这么好？造人的时候能不能公平点啊？

"您还有两次机会。"服务员说。

然后眼镜帅哥又把手伸进箱子里捞了一把，一次掏出了两张卡片。

服务员接过卡片看了一眼，声音都结巴了："……两，两张都是二等奖。"

"二等奖是什么？"平头小哥问道。

"免单券。"服务员说。

"那一张给她们吧。"眼镜帅哥突然指了指我说。

我才掏出银行卡，正打算买单，却被这突如其来的幸福砸中了。

他们离开的时候我连忙追了上去，因为不知道眼镜小哥叫什么，只好拉了拉他的衣角。

他温柔地转头，朝我笑了笑："怎么了？"

这声音也太好听了，好像在哪里听过，我想。

"那个，加个微信吧，今天谢谢你了，挺不好意思的。"

眼镜帅哥笑了笑说："我叫林原。"

我："好巧，我也姓林，我叫林小白。"

林原又笑了笑，我注意到他有两个酒窝，像秘密武器，让我心跳快得要命。

"那微信？"

"不用加了。"

他轻轻地拍了拍我的脑袋，转身离开了。

05

我又高兴又悲愤。

高兴的是知道了帅哥的名字，原来他叫林原。悲愤的是他拒绝了我加微信的请求，实在是让我很受伤。

我在回去的路上给仪器分析学发信息。

我：仪器大佬，隔壁桌的帅哥绝对和你不相上下，你知道吗，刚才火锅店抽奖，他居然抽出了一个一等奖、两个二等奖！

仪器分析学：是吗？！

我：而且和他一起来的朋友都很平静，好像早就见怪不怪了。你身边的朋友也这样吗？

仪器分析学：好像是吧。

我：欧洲人真可怕。

仪器分析学：我也想非一点，但是好难。

这话实在太扎心了，我过了好一会儿才回复他。

我：仪器大佬，你不要对我这种五百抽都没有一个 SSR 的人说这种话好吗？！

仪器分析学：我到现在还是觉你好厉害。

我：……

仪器分析学：从概率学讲，你五百抽没有一个 SSR 的概率小到可怕，基本就是不可能的事情。

我：求别说了！

仪器分析学：所以某种意义上来讲，你也是化不可能为可能了，很厉害。

没有人对我这样说过，看到这句话我突然间就觉得很温暖。

我：大佬你是在安慰我吗！

仪器分析学：……我在陈述事实！

我：呜呜呜大佬你人太好了！我永远爱你！

仪器分析学：女孩子要矜持。

我：……

06

一周以后，我的直播摄像头终于到货了。

安装完成以后，我终于在自己的直播间里开始了我第一次露脸的直播。

毕竟我是播音专业的学生，对镜头没有太大的恐惧，但是半个小时后直播间暴涨的人数还是让我觉得有点儿害怕。

"我都说了我是女的了！没用变声器！就说话的语气正式了点，我随意一点，声音也没多大区别啊。"我一边开着游戏，一边说道。

"哈哈哈哈哈哈小白真的是个女的！我变直了！"

"林小白你这么好看居然还不开摄像头，你是嫌钱太多吗？"

"你真的是林小白吗？你是林小白请来的演员吧？"

直播界面上很多人都在给我刷礼物。五颜六色的弹幕间，我眼尖地看到了仪器分析学的 ID。

仪器大佬给我刷了一束九十九块的玫瑰花，还评论了一句：可爱。

我一下子脸红了。

那天晚上我都没敢给仪器大佬发信息，觉得有点儿害羞。

躺在床上的时候，我的心"怦怦"地跳着，我已经很久没有这样的感觉了。

难道这就是恋爱的感觉吗？

我把脸塞到了枕头里，不敢相信自己对一个素未谋面的陌生人能产生这样复杂又情绪化的感情。

07

在那之后，我和仪器分析学的互动多了起来。

有时候我们会有双排竞技场，他技术不错，我们打起来很顺心。

游戏每半个月都有一次抽卡高峰，在认识仪器分析学以后我又直播抽了好几次卡。事实证明，这一次拜师并没有给我带来什么好运，我的抽卡成绩还是十分惨烈，而仪器大佬仍旧是顺风顺水。

粉丝们总是笑我的非气简直是个钢铁保护罩，阻挡了仪器分析学欧气的入侵。

"那我有什么办法？"我无奈地说，"我都是他徒弟了，还那么非。"

仪器大佬也在直播间里说过一次，他说："林小白是个奇迹，我也是第一次遇见。"

"我很高兴啊！仪器大佬这是在夸我好吗！这说明我也是独一无二的！"我很得意地说。

弹幕莫名其妙地刷起了"在一起在一起"，我有点不好意思："不要乱讲啦。我是很喜欢仪器大佬，但人家说不定有女朋友欸！会很尴尬的！"

弹幕：仪器大佬没有女朋友，小白我们替你问过了。

我笑了半天，才开玩笑说："谢谢你们哦，下个月线下活动的时候我会好好和他交流这个问题的！"

08

这些话仪器分析学知不知道我也不清楚，但下个月的平台线下活动让我有点焦虑。

我：仪器大佬你确定要去那个活动的吧？

仪器分析学：去的。

我：我去，我好紧张啊。

仪器分析学：你紧张什么？！

我：我要见到你真人了！

仪器分析学：……那有什么好紧张的？！

我：你不懂，你就是我的反面欸，我到时候可以和你多握握手吗？说不定抽卡就能抽到 SSR 了！

仪器分析学：你可以看我抽卡。

我：那肯定要看。

仪器分析学：要看几抽？

我：呃……时间不多，1抽？1抽你也能出 SSR 的吧？

仪器分析学：出了你答应我一个要求？

我愣了愣，没想到他会这么说。

不过因为他是仪器分析学，我就觉得没什么好担心的。

我：好啊。

仪器分析学：那就这么说定了哦！

09

线下活动的那天，我一大早起来化妆。出门的时候室友说别忘了要仪器大佬的签名，我点了点头。

小黑裙，高跟鞋，正红色的口红，散下来的头发。

这样中规中矩的打扮，我想应该不会让人觉得敷衍，也不会让人觉得过于隆重。

到达场馆的时候，平台的负责人过来接我。他笑了笑说："你来得好早啊，别的主播都还没有过来呢。"我故作镇定地点了点头，假装不经意地问道："那仪器分析学呢？"

他摇了摇头，说："在路上了，估计还要一会儿。"

坐在休息室的时候，我坐在一个会转的高脚凳上无聊地转着圈圈，一边转一边觉得仪器分析学这个 ID 真的好笑。要是一会儿仪器大佬来了，大家上去握手，是不是还会说："原来你就是仪器分析学啊！你好你好！"这也太好笑了吧。

我一边想，一边笑，都没有发现休息室里已经来人了。

等我看到镜子里自己的背后已经有人的时候，吓了一大跳，想要从凳子上跳下来却差点崴了脚，整个人往后摔。那人连忙过来扶了扶我，我的手臂被他抓着，整个人都被他抱在怀里。

我闻到了一股柑橘般清爽的味道，也不知道是什么香水。

红着脸从那人怀里出来，我头都没抬就开始道歉："不好意思不好意思，是我不小心。"

"林小白？"

一个熟悉的声音响了起来。

我抬头的瞬间，突然就看到了林原。

"林原？"我有点懵，"你怎么在这儿？"

林原今天依然戴着那副金丝边眼镜，依然帅得惨绝人寰。

可惜我心里已经有仪器大佬了，我告诉自己不能心动。

林原看着我的时候好像有点不高兴，眉间有些若有似无的褶皱，他反问我："那你怎么在这儿？"

我："参加活动，你也是？不对，你也是主播吗？"

他点了点头。

我内心十分震惊，有这么帅的主播我怎么没有听说过。

我问他："你 ID 叫什么啊？"

正巧这时负责人又领了几个人进来。他笑着向他们介绍我和林原。

"这位是林小白，这位是仪器分析学，你们应该在网上都认识吧。"

我点了点头，直到点完头才反应过来。

什么？刚才他说什么？我没有听错吧？仪器分析学？

我猛地转过头，不可置信地看向林原。

林原微笑着摸了摸我的头："傻瓜。"

10

"你是仪器分析学？"

"我是。"

"我们遇到的那天你就知道我是林小白？"

"是啊。水华路，傣妹火锅。我觉得可能没有这么巧的事情，想去试试，没想到还真遇见你了。"

"那你为什么不早说？！"

我有点儿气。

"我暗示你了啊。"

"啊？"

"我说不用加微信。那不是因为我们已经加了微信嘛。"

"……"

林原一脸认真，一点也不觉得自己这种想法有问题。

这什么奇怪的逻辑？我怎么可能想得到嘛！

"那你后来为什么不说？"

"你也没有问啊。"

"……行吧。"

我彻底没有脾气了。

"那你还要不要看我抽卡。"林原认真地问我。

我还沉浸在仪器分析学竟然就是林原这个难以置信的事实之中，不自觉地点了点头。

林原拉了椅子坐在我旁边，打开了游戏，开始抽卡。

看着他的游戏 ID，我这才意识到他真的就是仪器分析学。

第一抽，R。

第二抽，SR。

第三抽，SR。

第四抽，R。

第五抽，SR。

第六抽，R。

第七抽，R。

第八抽，R。

第九抽，R。

林原转头看了一眼我说："还有一抽。"

我点了点头，觉得多半是不可能了。

他在屏幕上划了几下，三秒钟后，SSR金色的字母跳了出来。

第十抽，SSR。

"……你真的，真的……"我看着他，几乎语无伦次了，"真的真的运气很好。"

林原朝我笑了笑，露出了那两个好看的酒窝："你说要答应我一个要求的，徒弟。"

我点了点头："请吃饭给你唱歌叫你一百遍师父什么的都可以。"

林原说："那做我女朋友呢？"

我眨了眨眼："你说什么？"

"那做我女朋友呢？"他重复了一遍，"你愿不愿意？"

我一下子傻眼了。

"小白？"他温柔地看着我，又叫了一声我的名字。

"我运气很差的。"我说。

"没关系。"他说。

"真的很差的。出门会平地摔，摸狗会被狗咬，抽奖永远抽不中，这辈子拧过的瓶盖里面都没有'再来一瓶'。"

"没关系。"

"我五百抽都没有抽到SSR欸。"

"可是我运气好啊。"林原笑眯眯地牵起我的手，"我出门可以拉着你，我替你摸狗，抽奖我来抽好了，我家还有一大袋子写着'再来一瓶'的瓶盖可以送给你。"

我红了眼，觉得太不可思议了。

"我不可能运气这么好，能遇见这么好的你。"

林原抱住我说："明明是我运气好，遇见了能把不可能化作可能的你。"

"其实我早就喜欢你了。"我说。

林原摸了摸我的脸，笑着说："我也是。"

11

我幸福得快要飞升了。

我就知道我不可能一辈子都运气这么差。

那天我发了一条微博，我说我这辈子最好运的事情，不是吃到唯一一个有硬币的饺子，而是被你遇见。然后艾特了林原的微博。

粉丝们都快疯了，说我们欧非建交，是历史奇迹。

我笑了笑说，是啊，我和他都是奇迹，我俩在一起，那是最大的奇迹。

林原转发了这条微博，他说，否极泰来嘛，我们是一个圆。

END

"

最 萌 年 龄 差

×

艾 特 了 一 个 女 朋 友

Text / 柚子多肉

柚子多肉：狗血甜文懒废小仙

女荣耀 50 星写手！

周漪这几天一直在微博上被别人艾特。

她以为是垃圾微博，所以一直没有点进去，因为她很少上微博，这个微博也完全没有和认识的人互关。

直到她那天搭地铁的时候无聊点了一下，才发现艾特她的人并不是僵尸号。

柯和沐233：@漪哥是你爸爸 哈哈哈哈快看这个视频，不好笑你打我。

柯和沐233：@漪哥是你爸爸 四级资料，好好看，再不过你就去裸奔。

柯和沐233：@漪哥是你爸爸 hhhhhh 你看这个傻缺博主。

周漪确定自己不认识他，点进主页看了一圈，只总结出三点：

1. 对方是个大学生。他偶尔会转一些学习资料，或者他们学校官博发的东西。

2. 对方兴趣广泛。微博里男生感兴趣的东西，他都感兴趣，转的东西应有尽有。

3. 是个男生。头像专辑里有照片，虽然角度很奇怪，但是气质很干净。

她工作两年了，可不认识什么男大学生。

应该是艾特错人了。

她在第一条艾特她的评论下回了个"哈哈哈哈"。

但男生似乎没有发觉自己艾特错人了,接下来的几天里,每天都还在艾特她。

周漪本来想告诉他的,但他每次艾特她的东西都很好玩,她就没忍心戳破。导致她每天最期待的,就是下班之后吃完饭洗完澡躺在沙发上敷面膜的时候,可以点进他艾特她的微博里看一看,然后乐不可支一晚上。

偶尔她看到好玩的微博,也会艾特一下男生。

虽然她看到的段子视频并没有男生艾特她的好笑,但每次男生都会很给面子地笑一大串,中间还夹着"哈哈哈哈哈哈哈这个我上个礼拜就看过了你现在才看到吗?你村网通啊?哈哈哈哈哈哈哈"这样的话。

偶尔他们也会在互相艾特的评论里聊起来,当然多数时候都是男生抛出话题。

他问她:体能测试还 OK 吗?

周漪知道他问的其实是他朋友,但因为自己公司也在弄素拓,所以回复了：OK，就是跑步快跑死我了。

柯和沐233：哈哈哈，平时也要多跑步啦。

因为他这一句话，周漪开始夜跑了。

有时候周漪也会担心，男生是不是有女朋友，然后其实他艾特的是女朋友，结果弄错了。但是想想又觉得好笑，会有人把自己女朋友的ID都弄错吗？

直到有一天她刷到男生的微博，说：下雨不愁，人家有大头，我有伞，嘿嘿嘿……

配图是他撑着伞慢悠悠地走在雨中，前面是个没有伞狂奔的女生。

底下有人评论：为什么不去帮人家撑一下？你知道许仙和白娘子是怎么在一起的吗？

他回复：朋友，生殖隔离了解一下。

别人回复：难怪单身。

看着他微博的这几条评论，她笑了一晚上。

有一天男生艾特她的时候，顺道说自己切菜弄伤手了，还发了一张照片出来。

周漪在下边回复：欸？你的手好好看哦。

057

柯和沐233：……这是你应该关注的吗？

周漪：哈哈哈……

柯和沐233：我真的觉得你最近盖里盖气的，你不会是爱上我了吧？

这句话看得周漪心里一惊。

她最近花在微博上的时间，好像越来越多了，哪天他没有艾特她，她就浑身难受。

她不会真的……

她纠结了好多天，直到有一天他给她私信，说：微信不回但是刷微博？

周漪回了个问号。

对方又说：今晚吃的鹿肉也太上火了吧，我感觉我要变身泰迪了。

周漪：噗哈哈哈哈哈。

过了几个小时，他又给她发私信：唉，太可怕了，我居然又……

周漪：尴尬！

柯和沐233：我是说打游戏……

周漪：不是你说自己变泰迪了吗？

柯和沐233：我变泰迪你尴尬什么？！

周漪：我当然尴尬了，我又不是男生。

柯和沐233：啊？

周漪有点紧张地看着聊天框。

半秒之后对方发过来一串"哈哈哈哈哈哈哈"。

柯和沐233：哈哈哈哈哈哈哈你真的爱上我然后去做变性手术啦？

周漪失笑，这个人也太笨了吧。

柯和沐盯着屏幕上的语音条发呆，然后又点了一次来听。

"我本来就是女生啊。"

舍友从床上探出脑袋来，笑着说："阿沐，你把这条语音来来回回听了五遍了，你有病吧？"

柯和沐："变性能把声音也变了吗？"

舍友："变啥变，你就是在炫耀有妹子给你发语音！"

柯和沐跑出去给人打电话，一接通他就开骂："许猗你够了啊！"

许猗："干吗呢哥，我得罪你啦？玩着游戏呢别闹。"

柯和沐："……玩游戏就好好玩游戏刷什么微博。"

"我没刷啊。我都好久没玩微博了，忘记密码了。"

柯和沐小声嘀咕了一声："你现在，赶紧，上微博，给我发一条私信。"

"说了密码忘了啊！怎么了啊？我在玩游戏呢！"

"赶紧！"

他挂了电话。

五分钟之后，ID是"猗哥是你爸爸"的人给他发了一条私信：柯和沐你这么急找我干吗？！晚上带我上分！你欠我的！

他盯着上下两条私信看了很久，才看出两个ID的区别。

一个有三点水，一个没有。

……所以，他弄错了三个月？！真是傻透了！

他点进女生的微博，对方注册微博三年了，三年里只发了三条微博。三条都是"新年快乐"。

他真是大意了，三个月来居然一次都没进她微博主页看过。

许猗那个傻缺怎么可能只发三条微博。

周漪等了好久，等到她快睡着了，男生才回了一条私信给她：对不起［捂脸］我搞错人了，你和我朋友ID好像。

他还截了图过来。

周漪：哈哈，其实我猜到了，但是因为你艾特我的微博太有趣了，所以都没舍得提醒你。

他发了一连串的捂脸过来。

就在周漪以为要冷场的时候，男生又发了一句话过来：我看你微博显示，你是余华市的？

周漪：嗯。

她想了想又加了一句话：在这边工作。

柯和沐：那你和我朋友真有缘，他也在余华读书。

周漪以为她的解释会是终点，但她低估了当代男大学生的热情，那之后柯和沐还是会继续艾特她好玩的东西，有时候还会顺带把他朋友也艾特一下，弄得他朋友都莫名其妙，嚷嚷着：为什么会有人 ID 跟我一模一样啊，新浪又 bug 了！

然后柯和沐就会回复他：傻！看不到第一个字不一样吗？人家有三点水。

也不知道是谁当初看了三个月都没看出来。

某天晚上，柯和沐看到了一条特别搞笑的微博，他自己乐完之后又照例艾特了这个漪和那个猗。

结果十分钟过去了，两个人都没回复他。

他感觉有点不妙。几乎是条件反射的，他给许猗弹了语音。

"干啥啊兄弟？"那边倒是很快就接了，"忙着呢，有事快说。"

"没，没……"柯和沐不知道要说什么，"你忙啥呢？"

许猗在那边"嘿嘿"笑了两声："忙着带猗哥打游戏呢。她说她想玩游戏，我就带她玩一下。"

柯和沐一口老血都要喷出来了："你带她打游戏？她让你带的？你们什么时候聊到游戏了？私信吗？"

柯和沐觉得不爽，很不爽，结果许猗的下一句话让他更不爽了。

"没聊啊，就是她忽然在微信上跟我说的，让我带她打游戏。"

许！猗！居！然！有！她！的！微！信！了？！

他都还没有啊！

他们已经那么熟了？

明明是他们先认识的啊！

呜呜呜……

许猗攮他墙角，"呜呜呜"。

"你要来吗？"许猗又问，"我们三排呗，比较稳。"

"来。"柯和沐咬牙切齿地说。

不就是游戏吗？谁还不会了，凭什么找他带？

柯和沐进房间的时候,许猗还介绍了一通:"阿沐。"

"那不废话吗?我游戏 ID 跟微博 ID 一模一样,有什么好值得介绍的。"柯和沐还是很不爽。

然后耳机里就传来了一声轻笑,这声轻笑简直像羽毛一样轻轻挠了一下他的心尖尖。

"阿沐你好。"女生说,"我是周漪,漪哥是你爸爸。"

谁来告诉他,为什么 ID 这么霸气的人声音会那么软?!

他没吭声,这个时候说话他肯定会结巴。

一局游戏他就闷头打,他玩这个游戏很厉害,还拿了五杀。

赢了之后许猗立刻给他发微信骂他:就你牛是吗?

柯和沐:啊?

许猗:带妹子打游戏不是这样打的兄弟,难怪单身。

柯和沐:哦,那我也没带妹子打过游戏啊。

许猗:你要让她打怪啊,要保护她,让她体验到游戏的乐趣啊,是不是傻!

柯和沐:懂了。

第二局他全程跟着周漪打转,然后输了。

柯和沐跟许猗说：看吧，没有我输出你们这群菜鸡根本打不动。

许猗：……不玩了。

周漪也说自己第二天要上班不玩了。

柯和沐最后也没好意思提跟她要微信号的事儿。

他只会傻兮兮地去跟许猗说：你不许再找她玩游戏了。

许猗很无辜：凭什么啊！再说也是她先找我的啊。

柯和沐：也不许找她聊天。

许猗那榆木脑袋终于灵光一现，反应过来了：你喜欢她？

柯和沐吓了一跳：啊？

许猗：这么紧张，不是喜欢是什么。你放心啦兄弟，你喜欢的人我肯定不会抢啦，只要你说你喜欢她，我现在拉黑她都成。他最后还补了一句：我去她朋友圈看过照片，是你喜欢的样子，嘿嘿嘿，给我100块我发照片给你呀。

许猗等了好久，柯和沐才回复他：对，我喜欢她，你不许再和她单独打游戏，不许再跟她聊微信了。

许猗：……我去！玩这么大？要不要我把她的微信号给你？

柯和沐的"不用"两个字刚刚发出去，就收到了许猗把他和周漪拉进群聊的消息。

柯和沐：……

周漪发了个红包在群里，红包备注了"谢谢大佬们带我打游戏"字样。

许猗手快先领了红包，然后打了一串问号。

许猗：80块的红包，我只领了2分钱？

周漪发了一个捂脸的表情。

许猗：我发现你和柯和沐都好喜欢这个捂脸的表情包，被他传染的？

周漪：对啊，我以前从来不发的，现在看到这个表情包就想到他了。

柯和沐 [捂脸]

柯和沐挺不好意思领的，周漪又艾特他，说：干吗不领红包？

许猗：他害羞呗，以为这是你的嫁妆。

周漪：……谁家嫁妆这么点钱啊？

柯和沐领了红包，又说了句：@许猗，周末我去你那儿。

许猗 [抠鼻]

许猗私聊他：你没说过你要来啊，是因为小姐姐？

柯和沐：这不很明显吗？

许猗在群聊回复他：哦，但是我星期六有考试哦，可能没法接你带你玩了。

柯和沐：哦，没事，我自己瞎逛呗。

他发完这句话之后紧张兮兮地等了好久好久，才等到周漪的一句话：@柯和沐，要来余华吗？我带你玩呗。

许猗私聊给他发了几十个礼花的表情。

距离星期六还有几天，周漪和柯和沐天天在群里讨论要去哪儿玩吃什么，连车票时间都和她反复确定。

许猗特别无语，说：不知道的还以为你们是在准备出国游呢。

又忍不住吐槽柯和沐：你明明来过几次，装什么没来过啊，受不了。

柯和沐没有回复他，却在群里艾特周漪，问自己订哪个地方的酒店比较好。

周漪回复他：许猗要是没空带你玩的话，你就住我家附近吧，比较方便。

许猗：啊？

他什么时候说自己没空了？他只是说了星期六没空啊？意思是星期天他也别出现了？

行吧，也许他该退出群聊，把空间留给他们。

星期六一大早周漪就醒了，洗了澡化了妆，又觉得妆感太强和男

066

大学生走在一起很不搭，所以又洗了脸重新弄。等到出门的时候，还稍微迟了几分钟。

她到车站的时候，柯和沐已经出站了。

"在出站口右手边，牛仔外套黑色双肩包。"

周漪听着语音，抬起头就看到了男生。

对方一边张望，一边对着手机发语音。

"看到我了吗？"

"你穿什么衣服？"

周漪听着他的语音，还没来得及回复，男生就转过头看了她一眼。对视那一瞬间她紧张得要死。

下一秒她就看到他拿着手机又说了一句什么。

手机传来他的语音消息。

"我好像看到你了，红色毛衣？"

周漪冲他笑了一下。

柯和沐没有立即朝她走过来，而是又对着手机说了一句话。

"你长得真好看。"

她还没来得及回味，下一条语音就自动播放了，是许猗的声音：

"……你们俩就不能私聊？"

周漪被逗得笑了起来。

周漪带他去吃了寿司，逛了公园，喂了鸽子，看了电影。

每做一件事，柯和沐就要发一条信息到群里。

许猗我们现在去吃寿司啦。

许猗我们在逛公园，你什么时候出来？

许猗我们去看电影了，你来不来？

许猗晚上我们去吃酸菜鱼。你出来了吗？我给你发定位。

许猗：我觉得我就不应该出现了，你们俩跟对小情侣在约会似的，我一会儿过去是不是电灯泡啊？

柯和沐：是的，所以你晚一点出来，过来结账就好了。

许猗：……

柯和沐还发了他们俩的自拍给许猗看。

许猗私聊他：看吧，我就说是你喜欢的款，御姐系。

柯和沐：其实本人非常可爱。

许猗：你完了兄弟。

晚上许猗出来跟他们会合的时候，更加觉得自己多余。

这两个人之间的互动，连他这种神经大条的人都觉得甜。

吃什么酸菜鱼，吃狗粮都饱了。

"许猗，多吃点啊。"周漪还帮他夹鱼片，"男大学生要长身体，多吃点。"

柯和沐就眼巴巴地看着她，周漪就连忙也给他补了一大勺，还把鱼片上的花椒都挑出来了。

许猗放下了筷子，真情实意地说："要不，你俩在一起吧？"

柯和沐在桌子下边踹了他一脚。

吃完饭许猗就溜了，溜之前还贱兮兮地跟周漪说："考虑一下吧，小姐姐。"

周漪："啊？考虑什么？"

许猗拿下巴点了点正在结账的柯和沐："考虑一下我们阿沐啊。你别看我们还在读书，其实阿沐挺成熟挺会疼人的。"

周漪笑着点头："看得出来。"

"所以你介意姐弟恋异地恋吗？"

"我不介意啊。"

周漪不傻，从许猗第一次开这种玩笑的时候就感觉到了，柯和沐是有点喜欢她的。

许猗走了之后，周漪和柯和沐在路边站了一会儿。

"我送你回酒店？"周漪问。

"再走走好吗？"

"嗯。"

两个人沿着马路散步，走了一会儿周漪问："怎么不说话？"

柯和沐笑了一下："我紧张。"

"紧张什么？"

柯和沐没有回答，而是问她："刚刚许猗是不是和你说了什么？"

"是说了什么。"

柯和沐更紧张了："说了什么？"

"他说你喜欢我。"

柯和沐一下子顿住了脚步："啊？"

周漪也停下来："难道他骗我？"

柯和沐急了："他没骗你。"

周漪歪着脑袋冲他笑。

"我……挺喜欢你的。"

"挺？"

"很喜欢，非常喜欢，你呢？"

"我？我也……挺喜欢你的。"

柯和沐愣了一下，然后傻笑起来，他在原地蹦了蹦，然后猛地伸手抱住了周漪。

两人距离太近，冲力让周漪没站稳趔趄了一下，但柯和沐抱得很紧，所以她没摔倒。

"今天看到你第一眼的时候就想这么做了。"柯和沐把头埋进她颈间，当时他就希望他们已经是情侣了，那他就可以飞奔过来抱住她，而不是克制地走过去冲她笑笑，跟她说"我是阿沐"。

"嗯？"周漪笑着回拥他，"巧了，我也是。"

END

专属于你的
心情晴雨手账

专属于你的
心情晴雨手账

✏ 纸花

最萌**职业**差

╳

Text / 杜桐七

杜桐七：这是一只来自福尔维亚水域的河豚精，擅长挖坑不填。

01

我面前这个男人，身形高大魁梧，五官长得周正，乍一眼看上去以为是人民公仆。但是这位先生自从坐下来就没有看过我一眼。我捏着咖啡杯，觉得这场相亲凉凉了。

看都不看我一眼！枉我出门前还仔仔细细化了妆！大哥求求你看我一眼吧！你这样给我的相亲局开了个好头啊！

我实在忍不住了，颤抖着控制自己没有哭出来："这位先生，时候不早了，我还有事，就先离开了。谢谢你。"

这位姓周的先生细若蚊蚋地"嗯"了一声。我经过他的时候发现他之所以不看我，大概是因为他的脸通红，耳朵尖都红了。

这也……太害羞了吧？！还是被我的美色迷得头晕目眩了？

我觉得是后者。

我去前台付账，服务员告诉我已经付过了。她不用说我都知道是这位周先生付的钱。

对了，说起来我只从阿姨那里知道他姓周，他到底叫什么我还不知道呢。除此之外，也就是知道他比我大三岁，自己开了家店卖东西，而且卖什么就连我阿姨都不知道。

知道得那么少为什么就要介绍我相亲啊？！

02

三天后我去宠物救助中心的时候又遇到了这位周先生。我从小喜欢小动物，大学的时候不顾父母反对选了动物医学，毕业后去了宠物医院当兽医。后来又因为这样那样的一些事，我来到宠物救助中心，拿着不多的工资，比在宠物店辛苦得多。

但是我很高兴，起码……起码这里的人们都是真心对待小动物的。

然后我就再一次遇见了周先生，他带了一只脏兮兮的英短过来。我要两只手抱着的小猫咪，他一只手轻轻松松地捧着。我戴着口罩低着头，周先生的声音还是很轻，听起来有一些焦虑。

周先生问："这只猫是不是生病了？今天早上在我店门口发现的，它一直在抖。"

大概因为是流浪猫，所以周先生把猫送来了这里。我仔细地给猫咪做了检查，在它的身上有许多细小的伤口，有些已经结痂，有些流着快要凝结的脓水。而且小猫大概是受了凉，有些感冒，体温很高。不排除是因为受伤感染导致的发烧。

我为这只猫处理了伤口，再交给其他工作人员。等我离开房间回到前台的时候，周先生就坐在一旁的椅子上。他见到我出来，赶紧起身走向我。

周先生问："猫怎么样了？"

我笑着说："猫咪在这里会很好的，请不要太过担心。"

周先生愣了一下，然后迅速开始脸红起来。我很奇怪，这人是怎么回事啊。

周先生小声说："你是不是许小姐？"

我姓许，叫许安安。

我点点头。

周先生想了想，脸上的绯红不但没有下去，反而愈演愈烈："你原来在这里工作啊，王阿姨说你是宠物店的兽医。"

我说："曾经是，后来我辞职了。"

周先生大概是看出我不想多说，没有多问。他从口袋里摸出一张窄窄的卡片，三个指头宽，五六厘米长。他递给我，我接过，上面写着他的姓名和联系电话，下方还有一行地址。

"一家花店"，xx 大道 xx 路 5-301。

这家花店的名字蛮好玩的，想不到周先生这样一个看上去不是健身教练就是人民公仆的男人居然开了一家花店侍弄花花草草。

不对，这年头，在微信二维码满天飞的时候，居然还有人随身带名片出门吗?

　　周先生小声说:"如果这只猫有什么问题的话请打这个电话给我,我会负责的。"

　　我看着他,我发现周先生有一双十分好看的眼睛,睫毛很长,眼尾微微上翘。但是这样一双眼睛在他的脸上并不违和,相反,更容易让人注意到他其实长得很不错。

　　我问:"周先生是打算领养这只猫咪吗?"

　　周先生点点头。

　　啊,看起来真是一个好人。

　　不过我说:"可是要养猫咪的话,会很麻烦的。周先生要好好考虑。"

　　这只英短有被人喂养过的痕迹,但是到最后依然被人遗弃了。

　　周先生皱了皱眉。

　　然后他笃定地说:"我会的。"

　　03

　　一个星期后周先生带了一束香水百合来看小猫咪。香水百合是给我的。他把花给我的时候没有看我,脸通红通红的。但是我没有接过,我怀里是那只英短。

　　英短的伤口恢复得很好,我为它修剪了一下脏乱的毛毛,虽然还是瘦瘦的,但是现在看起来清爽得很。不知道是不是被遗弃过的缘故,它的脾气很不好,我也是花了很大工夫才在它心里建立起值得信任的形象的。

　　但是周先生很快就被英短接纳了,可能这就是缘分吧。不然周先生也不会说要领养这只猫。我稍稍有一些嫉妒。

我从小长得比较盛气凌人，乍一看有些凶狠。曾经有同学说一看就感觉我是那种社会大姐大。而且我脾气也不好，所以这种错觉就更加明显了。

我还记得我刚到宠物店工作的时候，有位客人带着儿子抱着狗来看病，那小男孩看了我一眼居然吓哭了，狗也朝我狂叫不止。我就很冤。

当然类似于小动物怕我的这种事情其实有很多，不过那是第一次我把小孩子给吓哭了，所以印象深刻。

这也是我会戴着口罩工作的原因。来宠物救助中心的很多小动物其实都是人为抛弃的，我长得这么不和善，估计会加重它们的心理阴影吧。

周先生把猫交还给我，我说："周先生如果想要领养的话，过两天来办理手续吧。"

周先生点点头。我转身要走，然后，周先生喊住了我。

周先生："许小姐。"我回头看他，他有些不好意思地重新拿起那束香水百合，想要递给我，又怕我不收，他弱弱地问，"许小姐，请问你不喜欢百合吗？"

他看起来很担心，脸上却又红着，虽然感觉很怪异，我也很想笑，但是我最后还是没有笑出来。我觉得周先生是一个很好的人。

我摇摇头："我花粉过敏，会打喷嚏，对不起。而且救助中心不太适合放花，谢谢你的好意。"

周先生有些窘迫："对……对不起。"他的脸更红了，我觉得和关二爷有得一比。

我在口罩后笑了一下。

这个人其实还是很可爱的。

04

三天后的中午，周先生装备齐全地来了救助中心接英短。我请本来要去吃饭的工作人员替他办了程序。周先生抱着英短，看起来很高兴。

那么大块头的一个人怀里抱着那么小一只猫，站在有一些脏乱的救助中心里，却意外的和谐。

"许小姐，我想叫它'喵喵'。"周先生小声地说。我没戴口罩，离他稍微有些近，听了他的话我笑了出来："没事啊，你现在是它的主人了，给它取什么名字都可以的，不用问我的意见。"

周先生看了我一眼，他好像想说什么，可是又不说了。

周先生是开了车过来的，他把喵喵安置好，关上车门，又打开副驾驶座的门，然后有些期待地看着我。我一脸疑惑，周先生咳嗽一声："那个，许小姐，我想请你吃饭……"

我还没问为什么，他就赶紧摆手了："就是，你帮助喵喵很辛苦，想请你吃顿饭，没什么别的意思，可以赏脸吗？"

我说："好啊。"

我没想到这个看上去耿直正经的男人会直接把我带到他家吃饭。

我害怕。

而且这个小区好像有一点儿眼熟……

周先生替我开了车门，然后又去拿安置了喵喵的小箱子。他在前面带路，我跟在后面，越走我的脸色越差。就在要靠近我再也不想去的那个地方之前，周先生拐了个弯去了另一栋楼。

我松了一口气。

实在是不敢面对那个地方啊，那段不好的回忆。

周先生开门转身看到我的脸色，可能是以为我误会了什么，赶紧解释："我在家里做了菜，我……所以我才冒昧邀请你来的，如果你不愿意我也可以请你在外面吃，地点你定……"

我摇摇头："不用了。"我怕遇到那个人。

吃饭期间周先生向我了解了很多有关于照顾小猫咪的知识。其实我本人是没有养过猫的，全凭大学学的专业知识。不过每只猫喜好都不太一样，我给周先生说的也留有余地。

喵喵可能还不太习惯自己的新名字，周先生喊它要喊几遍它才会反应过来。然后这只英短慢慢踱着步过来蹭他的裤脚。我也跟着喊了几声喵喵，小猫咪有时候理我有时候不理，不过我拿了鱼干的话它就一定会过来，然后叼了鱼干就甩尾跑了。真是一只天真又狡猾的猫。

这个中午过得挺高兴的。周先生送我回宠物救助中心的时候告诉我："许小姐如果喜欢喵喵的话，可以经常来我家看它。"

我深沉地看着他。

周先生感觉到了不对劲，脸更红了："不是，我不是，我不是那个意思。许小姐你不要误会……"

"喂，好好看前面握着方向盘啊！"我说，说完我和周先生都笑了。

快要到救助中心的时候，周先生从车上摸出一个精致的塑料盒子，里头有一朵花。"这个是我做的纸花，不是真花，你不会过敏的。"周先生皱着眉想了想，有些不确定，"如果你对玫瑰味的香水也过敏的话，那就……"

这朵花很漂亮，要不是周先生说这是用纸做的假花，我就要以为他真的送了我一朵玫瑰了。我刚刚还有一点儿生气，心想我已经告诉这个男人我花粉过敏了，结果他居然还要送花给我。但我现在一点儿都不生气了，甚至还有一点儿感动。

我忍不住问："周先生你为什么要送花给我呢？玫瑰的花语也就算了，香水百合的花语是伟大的爱啊。"

周先生愣了一下。好半天，他脸红红地告诉我："送香水百合是因为我觉得许小姐心地善良，很适合百合花，我没有考虑花语什么的……"他声音小，但是语气中有诚恳和认真，"玫瑰就是因为，我喜欢许小姐，想问许小姐愿不愿意和我交往。"

我看着他。

"你再说一遍？"

可能是我语气太凶，周先生话里带着一点点委屈："我喜欢许小姐，想知道许小姐你愿不愿意和我交往。"

05

我同意了。

我也不知道为什么同意。对于周一川，喜欢算不太上，但也不讨厌。成年人要什么两情相悦的喜欢，能凑合着过日子就差不多了。虽然这么想很对不起他，但是我今年是迫不得已答应父母给我安排的相亲，没想到第一次就遇到了不敢看我的周一川。

哦，周一川是周先生的本名。我问他为什么叫一川，周先生说："因为我生在梅雨季节。'一川烟草，梅子黄时雨'。"

在一起没多久父母就知道了。他们对周一川挺满意的，虽然我爸觉得一个大男人开什么花店，娘里娘气的，但是我妈坚定地站在我这边并且反驳了我爸。

我倒没什么，周一川听说我妈很喜欢他后非常高兴。

马上要入夏了，南方的气候反复无常，上午还感觉是冬天，中午就很热了，晚上却又开始下雨。这天半夜的时候，我躺在床上睡得迷迷糊糊的，外头雷雨交加，有人给我打了电话。我一接，听筒另一边传来周一川焦虑的声音："安安，喵喵突然开始各种叫，是不是发情了？"

我告诉过他喵喵发情要怎么处理。但是周一川毕竟没有遇到过这样的事情，而且也不一定就是发情。我赶紧翻身起来去换衣服，让周一川等着我。雨天的晚上没什么出租车经过，接我的专车还有五六分钟才来。等我终于上了车，周一川的第二个电话打来了。

"我发现我小区门口的宠物店没关门，我把喵喵带到那儿去了。里头的医生说喵喵是被雷吓到了，而且喵喵晚上吃得多了，有些积食。"周一川听起来松了口气。我却浑身发冷，手脚冰凉。

他小区门口的宠物店，是那家宠物店，我曾经实习工作的地方，也是我害怕再踏入的地方。

我尽量让自己不要哭出来："周一川，你听我的，无论医生说什么，你都不要把喵喵留在那儿。我求你了，你不要，你千万不要……"

周一川说："好，我听你的。"

我赶到周一川家里的时候已经凌晨一点多了，很难想象还有一家宠物店这种时候都没有关门。我给喵喵做了大概的检查，得出的结论是它被雷吓着了，但是并没有积食。周一川相信了我的话。

他看得出来我在害怕。虽然不知道为什么，他也没有问我。

喵喵被折腾了一会儿回窝睡觉了。周一川蹲在我面前，像是一只大型犬，金毛那种，看着我。他小心翼翼地伸出手，好像打算摸一摸我的头，又怕我抗拒。可我们是男女朋友啊，我就直接扑到了他的怀里。

周一川拍着我的后背，抱着我的腰。他没有问我为什么害怕，没有问我为什么不让喵喵留在那家宠物店。他很信任我，我觉得我也该信任他。

06

大学实习的时候我就是在周一川小区门口的宠物店实习的。这家叫"心宠"的宠物店是我的学长姚稚开的，他照顾小猫小狗，同时也救助他们。我曾经很喜欢他，所以毕业了就想去他的店里实习。

文质彬彬的学长看着我，镜片后面的眼神我看不懂。我以为我不会被留下，但是结果出乎我的意料。学长当时是这么说的："我的确需要一个帮手，这家店也需要一个门面。"

我那时候以为他是在夸我。

在宠物店的日子我刚开始因为觉得美满而高兴，能和喜欢的人在一个地方工作，朝夕相处，多美好啊。直到有一天，学长外出有事，店里临时来了只小兔子交给我处理。老实说我在店里其实和个打杂的差不多，更多时候是协助学长。

这只兔子经由我手，暂时在宠物店里休养。后来学长回来了，我战战兢兢地和他说我接管了一只兔子，他当时面冷如霜，但是没说什么。后来我给兔子洗澡的时候发现它身上多出了奇怪的伤口，看上去像是被手术刀划开又缝合起来，然后又被划开，又缝合。

我当时毛骨悚然，鸡皮疙瘩起了一身。

然后我偷偷留意了缝合线的状况，以及一些医用物品的数目，但是并没有少。直到有一天我找不到我的钥匙，不知道它落在哪里了，就打开了监控查看。

我不小心把时间调早了，也可能是命中注定，我在显示器里看到了学长从笼子里拎出一只猫，用手术刀割开了它的腿。割得多深我不清楚，显示器也没有声音，但是我能感觉到那只猫很痛。过了一会儿学长又拿出另外准备的东西替它缝合，然后拎出了另一只猫……

我浑身冰冷。第二天我去看了那几只被学长在半夜偷偷划伤的猫咪，针脚细密，是学长惯用的手法，和我之前在手术台上看到的一模一样。

没多久我就辞职了。打死我也想不到，一个文质彬彬的兽医实际上喜欢虐待动物。

我告诉周一川这件事情的时候窝在他的怀里，边哭边说。其实我泪点很低，我虽然长得凶，但我有一颗十足的玻璃心。

我真的被学长吓到了，我不明白他为什么会对那些可怜的动物这样的狠手。但是我明白了为什么在宠物店里，明明快要痊愈的动物突然又病情加重了。

周一川拍着我的肩膀，笨拙地安慰我，让我不要哭。我眼泪鼻涕糊了他一身。

然后我听到周一川说："难怪呢，那只兔子，我接回家没多久它就离开了。大概是太痛苦了，但是还是想在熟悉的地方离世吧。"

我愣愣地看着他。周一川笑了笑，他的脸还是很红，他说："对，安安，就是你故事里的那只兔子，你救过的那只。"

07

我不知道周一川干了些什么。他在做事前问我想不想让学长得到应有的惩罚。我直白地告诉他："我想，可是我害怕，我不知道怎么做。"

"交给我。"周一川温柔地看着我。

过了半个月，有一次我不得不经过周一川家的小区门口，我注意到心宠宠物店关门了。我还问了别人为什么宠物店关门了。那人告诉我："这家店的老板啊，人模狗样的，虐杀动物呢！没人性啊没人性。"

我去周一川的一家花店找周一川。我记得上一次来的时候这里都是新鲜的花朵，各式各样，如今却有一块区域辟出来不知道准备干吗。周一川系着围裙在给百合花浇水。我从背后抱住他，周一川放下水壶，拍了拍我放在他腰间的手。

"我想方设法找到了他虐待动物的证据，具体怎么样，你不用担心，反正是正当途径。我还遇到一位户主，他的宠物在从心宠接回家后没多久也去世了，因此怀疑是姚稚干的。我和他一起做了这件事情。"周一川慢慢地说。

我在口罩后哭着说："谢谢你，周一川。"

我知道这事情很难做到。可就是因为我害怕，不敢揭露学长，让周一川替我担了这个风险。我真自私。

"没事的，我这也是想着我家兔子能含笑九泉。"周一川安慰我，"我家兔子也希望，不要再有更多的小动物被姚稚伤害吧。再说这也多亏你，突破口是宠物店的监控。乖，不要哭了。"我看着他，哭着扑到他怀里。周一川稳稳地抱住了我。

他的怀抱很温暖，让我慢慢冷静下来。这个时候周一川从柜台上拿了一束花，我下意识接过，拿到手却发现这是一束纸花。

纸做的玫瑰花，一共十一朵。中间最大的那一朵里有一枚纸做的戒指，上头还用胶水粘了细碎的纸片。

我愣住了。

周一川小心翼翼地看着我："安安，我喜欢你，你能嫁给我吗？"

我看着他。

然后我把口罩摘了下来。周一川手忙脚乱地想替我把口罩戴回去，我阻止了他。

因为我要让他亲眼看到我的回应。

"我愿意。"

08

后来我问周一川为什么那么容易脸红。一个大男人，人高马大，身形魁梧，怎么一看到女孩子就脸红害羞，说话还轻声细语的。

周一川看了我一眼，脸红红的："因为我喜欢你才脸红害羞的。"

我扭过头。

周一川却凑上来："安安，你也脸红了。"

"闭嘴，我不喜欢你。"我说，"你知道的，我爱你——我不说第二遍！"

周一川已经把我抱在了怀里。

喵喵在旁边似乎是没眼看，它在花店专门为它留出来的区域玩得很高兴，根本不看我们。

　　但偶尔也会"喵喵"叫几声，以示存在感。

END

✒ 指挥，您说话

最萌**手**速差

✕

Text / 风 小 餮

风小餮：晋江知名写手，活跃的
微博自媒体，杂食系大脑洞小怪
兽。代表作《墨阳》。微博；@
风小餮 tie。

01 🎮 昔日门派指挥被嘲"萌新"

"禽兽啊！"澜沧打开大型网游《江湖》，登录角色"澜沧"，一上
线就发出一声感慨。原因无他，他的师门"寻仙宫"正在跟"问柳派"
对战。

"真是的……欺负女孩和手残玩家算什么本事？"澜沧一边操作自
己的角色一边小声嘀咕。

每个大型网游里，都有一个聚集新手女玩家和手残玩家的职业或
门派，在《江湖》中，这个门派是问柳。

问柳派操作难度低，装备和技能颜值高，背景设定只收女弟子，于是少有犀利的男性玩家愿意玩。问柳派玩家水平普遍一般，经常被人嘲讽："给键盘上撒把小鱼干，猫都能玩问柳派。"

　　猫都能玩的问柳派在门派攻防战中，往往遭到惨无人道的"屠杀"。

　　门派攻防战是《江湖》的特色玩家对战系统，由游戏中两个不同职业的玩家开展集体对战。比如现在，澜沧的师门寻仙宫与问柳派对战，就是寻仙宫弟子集结来，大举向问柳派进攻，目标是斩杀问柳派的NPC首领。而问柳派，自然会组织反抗。

　　"为了考研闭关复习一年，再上游戏规矩都变了……"澜沧不满地自言自语，"竟然欺负问柳，不怕其他门派笑话……啊？"话到最后，吐槽变成震惊。

　　就见游戏画面中，明明是寻仙宫地盘，却全是问柳派的女性角色。小姐姐们顶着敌对红名齐刷刷看向突然出现的澜沧，就像一群饿狼看到跳进锅里的兔子般一拥而上！澜沧连声惨叫都未发出，瞬间就变成了一具尸体，跟寻仙宫的其他师兄师弟们躺在了一起。

　　"什，什么情况……"电脑前的澜沧吓到结巴，"寻仙宫打不过问柳派，被一群妹子反杀了？禽兽不如啊！"

　　他出离愤怒，找到寻仙宫的攻防战指挥语音频道，希望能得到合理的解释。

　　谁知语音频道中死气沉沉，寻仙宫指挥，也就是寻仙宫现任掌门大弟子芳踪影正干巴巴地对大家说："好吧，今天就这样，都辛苦了，散了吧。"

　　澜沧听不下去了，在门派频道激愤地打字：

【门派】澜沧：什么就散了？还有没有点血性？连问柳都打不过怎么在江湖立足？！

他本以为自己会一呼百应，想不到却被群起而嘲之。

【门派】叫我剑仙：哟，又来了个什么都不懂只会嘴炮的萌新。

"萌新"是游戏用语，本来的意思是"萌萌的新人"，不过在吵架的时候，词义就会变成"不懂装懂、完全不萌的新人"。

突然被"萌新"的澜沧气得摔键盘，可游戏中的嘲讽还源源不断。

【门派】给你看我的大剑：连问柳都打不过……啧啧啧，好大的口气。

【门派】剑影：别怪新人，被虐成这样谁不憋气啊……

【门派】[掌门大师兄]芳踪影：澜沧？？？

澜沧给芳踪影发密聊：是我，我考研结束，今天刚回归。

芳踪影：好兄弟，欢迎回来！

澜沧：一年不见，你都变成掌门大师兄啦！恭喜恭喜。现在什么情况，寻仙打不过问柳？问柳加强了？

芳踪影：哎，说来话长！

澜沧跟芳踪影的关系也算说来话长。这两人从《江湖》刚开始运营时就在玩这个游戏，同是寻仙宫玩家，又在一个帮派。澜沧的游戏水平高超，很快成为寻仙宫的掌门大师兄，指挥寻仙宫在《江湖》中所向披靡。

一年前，澜沧为了考研暂时卸载了游戏，在这期间，芳踪影取代澜沧成为寻仙宫的门派指挥。

芳踪影上任的前两个月，一切顺利，直到有一天，问柳派冒出一位名叫"寻澜"的门派指挥……

"寻澜？"澜沧听到这个游戏 ID，打开游戏里的"掌门弟子名录"查看，惊讶地发现她竟不是问柳派的掌门大师姐。

"以往门派指挥跟掌门弟子都是同一个人，寻澜例外，她只是指挥不是大弟子。"芳踪影说。

"为什么？"

"……"芳踪影打下一串心情复杂的省略号，"因为寻澜是手残。"

"手残？有多残？她手速多少？"

芳踪影："在 55 左右。"

澜沧："？？？？"

澜沧如此惊讶是有原因的。职业游戏玩家的手速一般在 200 以上，像寻澜这种高级玩家的手速普遍在 180 上下，普通玩家的手速在 60 到 80。手速 55 什么水平？要么这个人脑袋不转弯，要么这个人对键位不熟悉——很多老眼昏花、只会用一两个指头操作键盘的大叔大妈，手速可能就在 50 左右。

澜沧："所以……寻澜该不会是个老阿姨？"

芳踪影："听声音是个年轻妹子。"

澜沧："手速巨慢的年轻妹子是无比犀利的门派指挥，我怎么有点不信呢？"

芳踪影："是真的，你不在的这一年，问柳把其他十一个门派都按在地上摩擦……真不知道她是怎么把一群手残指挥得无比勇猛的。"

澜沧："这有什么不知道，你们没往问柳安排 007？"

芳踪影："没少安排！问柳现在都被其他门派潜伏成筛子了，但只听她指挥没听出什么特别。"

芳踪影："可能是因为那些 007 本身指挥素养不高吧？澜沧，要不你建个问柳小号接近寻澜？"

澜沧："我觉得可以有！"

就这样，澜沧的小号，问柳派小姑娘"河啊都是水"诞生了！

澜沧通过拜师系统向寻澜拜师。

系统消息：对不起，目标玩家不接受拜师。

澜沧又通过好友系统加寻澜为好友。

系统消息：对不起，目标玩家不可被添加。

澜沧皱起眉，直接给寻澜发密聊：大神，萌新求收徒！

半分钟没有回复。

河啊都是水：大神，理理人家嘛，不要这么高冷啊！

河啊都是水：大家都是姐妹，守望相助不好吗？

寻澜：不。

河啊都是水：这么不友好？？？

澜沧在电脑前呃了呃嘴，心说：这妹子有个性啊。

却见对方又发来一句。

寻澜：不是守望相助不好。

河啊都是水：那是什么不好？

河啊都是水：大神？你说话啊？

河啊都是水：大神你又离开啦？

寻澜：……

河啊都是水：？？？

寻澜又没动静了。

河啊都是水继续消息攻击：大神省略号是什么意思？

河啊都是水：大神你生我的气了，我做错什么了，我道歉。

河啊都是水：大神你不要不理我！

一个语音弹窗突然跳出来：玩家寻澜对你发出语音申请。

澜沧毫不犹豫地选择拒绝，然后打字说："大神，人家没有麦克风不能说话！"

玩家寻澜对你发出语音申请。

澜沧额头冒出汗来，他刚刚还装女生说自己是"姐妹"，语音岂不就露馅了？

河啊都是水：大神，人家还是中学生，在家里偷偷玩游戏，不敢说话。

玩家寻澜对你发出语音申请。

澜沧心一横，终于还是接通，只听对面第一句话就说："你不用说话，听我说就好，你手速太快，我打字跟不上。"

一瞬间，澜沧的耳朵被寻澜的声音抓住了。

寻澜的音色不特别，听起来就是随处可见的少女，但她普通话十分标准，也没有端着播音腔，而且每个音节的轻重平仄恰到好处，令人怦然心动得"刚刚好"。

河啊都是水：嗯嗯，大神您说话！

耳机里传来寻澜的声音："你想拜我为师？不好意思，其实我游戏玩得很差，你另找师父吧。"

河啊都是水：没事啊！我是佩服大神的指挥功力，大神教我指挥好不好？

寻澜轻声笑，用她那刚刚好的声音轻描淡写地问："哦，原来是学指挥啊？你是哪个门派派来的007？"

澜沧放在键盘上的手哆嗦了一下：露馅了？发生了啥！

可他还是强装无辜。

河啊都是水：不是啊大神，人家真的是萌新。

寻澜轻哼："萌新？萌新怎么不先问我007是什么？"

河啊都是水：……

澜沧忍不住拿起一边的可乐，喝一口压压惊：嚯，这姑娘有点小厉害啊！得换个法子才行。

河啊都是水：好吧，我承认，我是寻仙宫来的007。

河啊都是水：我是最近才回归的老玩家，一回来发现问柳变得那么厉害，就想讨教一下。

河啊都是水：游戏要大家一起玩才更好玩，你们问柳这样独孤求败有意思吗？不如大家一起进步，一起陪你玩啊？

03 🎮 你很像一个人

"游戏要大家一起玩才更好玩，你们问柳这样独孤求败有意思吗？不如大家一起进步，一起陪你玩啊？"

白寻看着游戏里那个叫"河啊都是水"的人打出一串歪理，脱口而出："你很像一个人。"

河啊都是水：像谁？

白寻操作自己的游戏角色寻澜漫无目的地跑动，眨眨眼睛反问："你说你是回归的老玩家，那你以前的账号叫什么？"

河啊都是水：唐古拉。

白寻抿了抿嘴，心想：不对，不是我要找的人。

一年半前，在健身房走跑步机的她偶然戳进一个语音频道，听到一个嚣张的男声吊儿郎当地说："其实我不怕007潜伏——潜伏多没意思，直接拜师不好吗？游戏大家一起玩才更好玩，我们寻仙宫独孤求败也挺没意思的。大家从我这儿学了指挥一起进步，这样才能陪我玩不是？"

她起初听得不明所以：什么007，詹姆斯·邦德？什么指挥，交响乐团？游戏，什么游戏？

出于好奇，她没有离开这个频道，因为这个男声留了下来。接下来的三个小时，她接触到了一个完全陌生的游戏世界。

这个世界里有激昂的战歌，有叫澜沧的有条不紊又激情澎湃地指示："三团切右路；七团爬山去咬他们的尾巴；一团二团原地待命，守好复活点；四五六团，来，跟我向前冲。兄弟姐妹们，压、过、去！

"让他们看看，我寻仙宫没有懦夫！对方比我们多100个人又怎么样，各位同门，我们寻仙宫就是要逆天而行，天不亡我！兄弟姐妹们，上啊！逆、天、而、行！逆、势、而、为！踏平他们！"

白寻完全被耳机中冲出来的磅礴战意迷住，回过神时，恍然发现自己在健身房泡了3个小时，而且罕见地火力全开！

于是她记住了这个频道，每次到健身房都会进去听"澜沧"讲话。无论那个人指挥的是帮会对战还是门派对战，又或者是战场对战，他总是激情洋溢、鼓舞人心。

渐渐地，即使不去健身房，白寻也喜欢挂在语音频道，听澜沧跟别人嬉笑，听他偶尔荒腔走板地唱歌，听他嚷嚷"侠侣还是问柳妹子好""啊啊啊我讨厌胖子"……

直到有一天，室友问她"为什么戴着耳机红着脸傻笑？"白寻才猛地意识到，自己竟然对这个只听过声音的陌生人产生了异样的情愫。

白寻喜欢上了澜沧。

为了澜沧，白寻把笔记本电脑换成了昂贵的游戏本，开始玩《江湖》，建了一个问柳号。可等她终于弄懂问柳的操作，澜沧却突然消失了。

白寻到处听，得知澜沧三次元繁忙暂离游戏，归期未定，她像失恋一样哭了很久。

澜沧还会回来吗？我有机会认识澜沧吗？那些要说给他的话又该说给谁听呢？白寻一边抹眼泪一边想着，忽然萌生了新的想法·不如我也当个指挥吧！只要我指挥得好，澜沧回归的时候一定会注意到我！

她的确是很聪明的女孩，因为回归的澜沧果然注意到了她。

只是她万万没想到，澜沧碍于面子，报了自己另一个账号的 ID：唐古拉。

白寻想起澜沧不由走神，等被密聊接连不断的提示音唤回时，才发现河啊都是水又打了一大串。

河啊都是水：你问我过去的账号干吗？

河啊都是水：你觉得我像谁？

河啊都是水：大神你怎么不说话？

河啊都是水：不是……你都语音了，难不成你语速也慢？

白寻连忙清清嗓子："咳咳，没谁。你既然是老玩家，操作犀利不犀利？"

河啊都是水：相当犀利。

白寻笑了，说："既然如此，你教我玩游戏，我教你指挥，好不好？"

河啊都是水：成交。

"对了，其实你是男的吧？"

河啊都是水：啊？为什么这么想？

"真正的女孩才不会刻意卖萌……还人家什么的，好假啊！"

河啊都是水：嗯……我是男的。

"中学生不能开麦说话也是假的呗？"

河啊都是水：囧……

"别装了，说话吧大兄弟。"

只听耳机里传来无可奈何的一声叹息，一个白寻十分熟悉的男声带着点吊儿郎当响起："你好啊大神，以后多多指教。"

白寻罕见地手速爆发关掉麦克风，捂住嘴哭出声：澜沧！河啊都是水，就是澜沧！

04 🐾 肥宅童叟无欺

澜沧发现寻澜是个特别黏人、特别没有防备心的姑娘。

两人认识不足一星期，对方竟然就把自己的籍贯所在、求学经历、身高体重统统交代了一遍，还特别热情主动地加了他的 QQ 和微信，向他敞开所有权限……

"阿寻啊！"一个深夜，澜沧忍不住跟寻澜发密聊。

耐心地等了十来秒，终于等到寻澜的回复：？

时间太晚了，寻澜的室友已经入睡，手残如她也只能打字。

河啊都是水：你也是快本科毕业的大姑娘了，我觉得防备心你还是要有的。

河啊都是水：咱们才认识几天，你在我面前还有隐私没有？我好歹是个男的，万一是变态去你学校跟踪你呢？

河啊都是水：你手速太慢了，看到打1。

寻澜：1。

河啊都是水：妹子，你可千万长点心眼，我都替你爸妈操心。

寻澜：水水。

河啊都是水：嗯？

河啊都是水：你打字慢，就一个词一个词地发吧。

寻澜：是特别的。

河啊都是水：什么是特别的？

寻澜：你。

河啊都是水：我是特别的？为什么？

河啊都是水：你喜欢我啊？

寻澜：嗯！

电脑前的澜沧笑着摇头：哎，现在的小姑娘……

河啊都是水：噗！

寻澜：真！

河啊都是水：真什么真啊，你认识我才几天就真的喜欢我？

河啊都是水：你别看我好像特别随便，其实我对感情一点都不随便。我在游戏里不交侠侣的，要交我就要发展到现实，网络现实从一而终。

寻澜：不！

河啊都是水：不什么不，别倔，大半夜觉得孤独想找个伴儿吧？人都这样，我懂。

河啊都是水：下了啊，你自己冷静一下，明天见！

澜沧迅速下线，所以他不知道，白寻好不容易打了一大串解释自己知道他就是澜沧，很早之前就开始喜欢他的文字，被系统无情地挡了回去。

也许真的是夜深壮人胆，等第二天白天两个人再在游戏里碰面，白寻又失去了跟澜沧挑明的勇气。

她瞻前顾后：万一澜沧死活不承认身份怎么办？他现在不喜欢我，直接拒绝我怎么办？认识的时间还是太短了，不如等大家再熟悉一点，不如等他稍微喜欢我一点……

白寻如此想着，乱跳的心平静下来。

从这天开始，她只要一有机会就跟澜沧告白。虽然游戏之外的真人总羞得满脸通红，可游戏中的她总是真诚又热烈。能语音的时候，她会用声音倾诉："水水，我好喜欢你哦！"不能语音的时候，用缓慢的手速打字她也要说：喜欢你！！！

每一个感叹号都像她惴惴不安的心跳。

幸运的是，"喜欢"说得多了虽然显得廉价，但好歹有洗脑作用。

澜沧虽然不觉得寻澜这份喜欢有多真心、有多少分量，却终于开始相信对方真的喜欢自己。

当寻澜在澜沧眼里，从一个"指挥很犀利的手残女玩家"变成一个"喜欢我的女孩子"时，很多东西似乎都变了样。

比如，澜沧能听出寻澜的声音因他的出现而起伏。指挥攻防的寻澜固然是激情澎湃、令人心动的，可单独跟他说话时寻澜的声音却像蜂蜜又黏又甜，让人心跳乱了节奏。

又比如，寻澜的操作进步缓慢、手始终跟不上脑子。过去澜沧看寻澜放两个技能就懵一会儿只觉恨铁不成钢，如今看来竟觉得好气又好笑，透着一股蠢萌。

甚至他以前只欣赏寻澜瘦下来之后漂亮的样子，现在去翻女孩 QQ 空间里 200 斤肥宅时的照片，竟都隐约觉得眉清目秀。

澜沧不知道这是什么，他只是下意识越来越关注寻澜，越来越想保护她。

两个月后的一天，澜沧的小号河啊都是水收到寻澜的求助，说她在野外被一群寻仙宫的玩家抓住一遍又一遍"虐杀"，现在躺在地上爬不起来……澜沧脑子"嗡"的一声，直接炸了！

他开着小号怒气冲冲地跑到野外，一打三把那些寻仙宫玩家打趴下了。

对方不忿，叫来援兵。论援兵，澜沧和寻澜这边怎么会输？于是，在门派攻防时间之外，一场寻仙宫玩家和问柳派玩家的对战轰轰烈烈地拉开，最终以问柳玩家踩在寻仙玩家的尸体上蹦迪为结局。

芳踪影：……

芳踪影：兄弟，什么情况，给个解释？

对战结束，芳踪影立刻密聊澜沧的小号。

澜沧冷静下来也有点尴尬：野外 PK 嘛，没什么。

芳踪影：这还叫没什么……兄弟，你可是帮着问柳踩了咱们寻仙宫啊?

芳踪影：该不会是玩小号玩得被策反了?

河啊都是水：不会，怎么可能，我的人品你放心!

芳踪影：大家都是男人，在妹子面前谈什么人品。

河啊都是水：哎你相信我! 寻澜哪算什么妹子，她是个童叟无欺的肥宅啊!

芳踪影：你看过她照片? 这么肯定?

河啊都是水：喷，真的! 我发给你看。

出于难以言喻的自尊心和想私藏寻澜美貌的占有欲，澜沧找了一张寻澜过去的肥宅照发给芳踪影。

芳踪影：哈哈哈哈果然童叟无欺，真的好胖好丑!

河啊都是水：……呃，胖是胖，丑没有吧。

芳踪影：你真是人好。

芳踪影：不说这个，今天咱们寻仙的脸丢大了，这星期的门派攻防怎么都得把场子找回来。

芳踪影：兄弟，你可得帮我!

河啊都是水：妥妥的!

05 🐟 我们指挥敢直播穿女装吃键盘，你们指挥敢吗

星期五，《江湖》中例行的门派叫阵又在世界频道轰轰烈烈地展开了。

【世界】我的头是电灯泡：我们指挥敢吃虫，你们指挥敢吗? !

【世界】萨摩耶妹妹：我们指挥也敢!

103

【世界】大爷打发点：我们指挥也敢！

【世界】热兵器冷冷一笑：我们指挥也敢！

【世界】叫我剑仙：我们指挥也敢！

【世界】［掌门大师兄］头上有戒疤：我不敢！！！！！

【世界】萨摩耶妹妹：我们指挥敢隔着电风扇舔仙人球，你们指挥敢吗？！

【世界】我的头是电灯泡：我们指挥也敢！

【世界】大爷打发点：我们指挥也敢！

【世界】叫我剑仙：我们指挥也敢！

【世界】热武器冷冷一笑：我们指挥也敢！

【世界】［掌门大师兄］汪总本汪：我不敢！！！！！

【世界】叫我剑仙：我们指挥敢直播穿女装吃键盘，你们指挥敢吗？！

【世界】萨摩耶妹妹：我们指挥也敢！

【世界】热武器冷冷一笑：我们指挥也敢！

【世界】［掌门大师兄］芳踪影：我敢。

芳踪影的一条回复直接破坏队形，震惊了所有关注世界频道的人。

谁知这不算完，芳踪影竟然还对寻澜下战书。

【世界】［掌门大师兄］芳踪影：@寻澜 要不要赌一把？这周门派攻防，我输了，我直播穿女装吃键盘；你输了，你素颜直播叫我爸爸！

世界频道差点炸了，问柳派玩家气得恨不得砸电脑，纷纷冒出来给寻澜出头。

【世界】叫我小仙女：你过分！

【世界】寻花依依：芳踪影，你别欺负我们女指挥！

一直关注世界动向的澜沧也眉头紧皱，给芳踪影发密聊：兄弟，这么对小女孩过分了。攻防输赢不过都是游戏。

芳踪影：我知道是游戏，我说着玩的。

澜沧松了口气，正好寻澜发消息过来：要不要接受？

河啊都是水：他说着玩的，你理不理无所谓，不用太担心。

于是，隔了几分钟，话题换了两轮，世界频道才终于出现寻澜的身影。

【世界】寻澜：好。

这个周末的门派攻防，火药味前所未有的浓。

有人把两个门派指挥的约定发到贴吧上，引来许多老玩家和其他服玩家的围观，反正无论是男指挥穿女装直播吃键盘，还是女指挥素颜直播叫爸爸，都是大热闹，值得一看。

澜沧用回自己的寻仙宫账号，跟在芳踪影身边，协助他一起指挥，寻仙宫因此实力大增。

可问柳派那边的女玩家们显然也拼了，厮杀起来前所未有的悍勇。不仅如此，她们的人数也创了新高，据说是很多其他服务器女玩家为了保护全《江湖》唯一的女指挥，特意转服过来给寻澜撑腰……

两方势力均力敌，胜负难分，打了两个多小时竟不见分晓。

澜沧一开始专注地协助芳踪影，可战斗时间越长，芳踪影就越焦虑，在语音频道喊出的话就越难听，最后竟然对频道中的几百号玩家大声喊："兄弟们上啊，把这群娘们踩在脚下！你们想不想看刺激的？打赢她们，打赢了看寻澜的素颜直播，打赢了你们就是寻澜的爸爸！"

"芳踪影，闭上你的臭嘴！"澜沧黑着脸摔了键盘，直接开麦破口大骂，"打攻防就好好打，人身攻击对方指挥你几个意思？嘴上占小女孩便宜你要脸吗！"

芳踪影起先被骂懵了，反应过来也满腔怒火："我说两句怎么了，给兄弟们加油鼓劲不行？你算老几对我指手画脚、教我做人？你这么牛你带兄弟们打赢问柳啊？你带着打赢了我叫你爸爸！"

澜沧怒极反笑："行，我没本事，你厉害，你不用别人教！你自己指挥呗，看没有我你能打成什么狗样！"说完他愤然离开语音频道，游戏挂机出门吃饭。

十五分钟后，问柳派大军从寻仙宫玩家的尸体上碾了过去。

世界频道哗然，人人都在议论。

"寻澜果然厉害啊，女中豪杰！"

"寻仙宫是怎么了，开始不是挺能打，两个小时之后突然瘫了？"

"芳踪影根本不会指挥，澜沧一走就露怯了呗！"

"澜沧是谁？"

"老玩家跟大家科普一下啊。澜沧以前一直是寻仙宫指挥，当时寻仙宫跟现在的问柳派一样能打，后来澜沧现实有事离开游戏，芳踪影上位……结局你们都知道了。"

"原来如此。芳踪影让出掌门大师兄的位置！我们要澜沧回来！"

"我们要澜沧！"

在呼唤澜沧的声音中，突然有人发起另一个话题：

"有人在贴吧发了寻澜的照片……我心情复杂……"

"同看到，复杂……"

"……吐血！"

"哈哈哈哈哈哈哈哈哈笑死我了！你们快去看！"

等澜沧从外面吃饭回来，顺着世界频道的讨论摸去贴吧，就见被顶在最上方的帖子《爆照寻澜！看看吧，这就是你们的指挥女神！》里，贴着他先前给芳踪影看的那张肥宅照。

凉气从脚底蹿上来直冲头盖骨，澜沧只觉手指都僵硬了。他慌乱地切回游戏，想退出澜沧这个账号，登录河啊都是水跟寻澜解释，却发现澜沧的密聊栏里有几条信息。

寻澜：我的照片是你发到贴吧的？

寻澜：为什么？

06 悲剧的手速差

白寻始终坐在电脑前，双眼发直地盯着密聊栏。

她没有哭，没有去贴吧看人们对她肥宅照的攻击和袒护，也没有看世界频道异彩纷呈的嘴仗，只是木然地等待澜沧的回复，像一块不会痛不会思考的石头。

很久之后，她收到了澜沧的语音申请，接通。

"你怎么知道我是……"

"澜沧，"白寻打断男生的话，直接问，"我的照片是你发到贴吧的？"

"不是我，估计是芳踪影那孙子干的！他输不起……不是，可能是因为我今天跟他闹翻了……"澜沧的声音没了以往吊儿郎当的从容，竟是罕见的慌乱。

白寻却始终平静，她问："芳踪影怎么拿到我照片的？"

"是，是我给他的……"

"你为什么给他这张照片？"

澜沧说不出。

白寻又问了一遍："我的照片那么多，你为什么给他这一张？澜沧，你不说我就挂断了。"

澜沧深吸一口气，只好说实话："两个门派野外打起来那天，他问我是不是喜欢上你，我说我……"澜沧嘴巴开合，无论如何都说不出"不喜欢"三个字。

在这一瞬间，他终于意识到自己先前的关注、偏爱、袒护源于什么……源于喜欢。

沉迷游戏的傻直男澜沧终于意识到自己喜欢白寻，在这个最糟糕的时刻。

听到澜沧的回答，白寻笑了。她用那刚刚好的语调问："所以你给他看我的肥宅照，跟他说：这个女人这么肥这么丑，我怎么会喜欢她。是不是？"

"不，阿寻……"澜沧从没觉得自己如此笨嘴拙舌。

"芳踪影当然相信了，因为他知道你讨厌胖子。"

"没有，阿寻，我没有讨厌……"澜沧恨不得抽自己两耳光，让自己的舌头灵光些。

"你有，你在语音频道里说了很多次，你说你讨厌胖子，讨厌不能身体管理的人，就是你说的！"白寻的情绪激动起来，大声反驳。

澜沧傻愣愣地问："等等，你怎么知道？"

白寻的眼泪终于滑落，她捂着眼睛、拖着哭腔说："因为我听到了啊！从一年半前开始，我就一直在听你的声音！我是因为你才玩《江湖》的，是因为你才玩问柳，因为你我才取名叫寻澜！我的指挥技巧都是听你指挥学会的，甚至我加倍努力地减肥都是因为你！"

"阿寻……"听到女生哭，澜沧只觉心脏像是解压玩具一样被人狠狠攥住，心疼得呼吸紊乱。他思绪纠葛，只会复读机一样叫对方的名字。

白寻没空理他，一口气把心里话都说了出来："我说了我喜欢你，喜欢你呀！我一听你声音就知道是你，我喜欢你那么长时间！可是没有用，你根本不喜欢我，因为我原来是个胖子吗？还是你觉得我又傻又轻浮？被我纠缠是不是让你觉得特别丢脸！"

"对不起，阿寻，你听我说……"澜沧双手终于不凉了，这次急得直冒汗。

可白寻什么都不想听，她扔下一句"我懂了，以后不会再来烦你"，就切断语音，游戏下线——手速前所未有地快。

澜沧的手速却前所未有地慢，他惊慌失措，十指不受控制地哆嗦，打开微信给白寻发消息——微信被拉黑。再试着用 QQ 发消息——同样被拉黑。

澜沧把手机用力拍在桌子上，烦躁地使劲抓自己的头发，骂了两句宣泄失控的情绪。

他感觉整个脑袋"嗡嗡"响，满脑子都是"白寻被我气哭了"这个事实，恨自己情商低，又恨自己不会说话，还恨自己的手速关键时刻掉链子。

过了许久，情绪终于平静一些，他忍不住点开好友列表，伸手触碰寻澜灰掉的名字，动作轻柔，似乎这样就能擦掉女孩脸上的眼泪。

"这种时候怎么手速那么快？"澜沧呢喃，"我都没来得及说一句：我也喜欢你啊。"

07 没事，你说话

《江湖》最近发生了几件大事。

第一，该网游唯一的女指挥寻澜被人把照片发到贴吧，照片里的寻澜竟是个200斤的胖子，辣瞎一众玩家的狗眼。

第二，爆照事件后，寻澜再没上过游戏，也没对照片事件做出任何解释。

第三，寻仙宫掌门大师兄芳踪影被回归玩家澜沧仇杀，PK积分锐减，两天就从掌门大师兄位置上掉下来。随后，澜沧又仇杀每个继任大师兄的人，杀到后来，"大师兄们"看到澜沧就跳山自杀……两个星期后，澜沧重回掌门大师兄宝座，寻仙宫上下无人不服。

第四，澜沧威胁芳踪影，不按照赌约开直播就杀得他再玩不了游戏。芳踪影挣扎再三、求饶再三，"爸爸"都叫了也没用，只好遵从……

白寻带着几份午饭回到宿舍，发现舍友们正围着电脑哈哈大笑。

"看什么呢？"白寻凑过去，就见屏幕里有个穿女装的小胡子大汉正抱着键盘当煎饼啃，画面上方有直播介绍：《江湖》玩家芳踪影兑现赌约，直播女装吃键盘。

白寻的脸色黯下来，扭头沉默地把饭放到室友们桌上。

一个室友扭头招呼她："阿寻，这人好像就是玩的你的那个游戏……

哈哈哈他真的在吃键盘，塑料咬出好多牙印，不知道会不会中毒？"

另一个室友则说："你游玩家真会玩。对了，你是不是好久没上线了？"

"嗯，不想上线就没上。"白寻随口敷衍。

看出白寻兴致不高，善解人意的室友们默契地换了话题，讨论起这学期新来的帅气学长。

"班主任好像开始带硕士研究生了，那学长我看了一眼，妈呀，长得超帅！"

"我也看见了，是我 pick 的类型！我还听到他名字了，叫隋澜沧！"

白寻听到"澜沧"两个字，握筷子的手紧了紧。

室友们还在聊："人怎么样，高冷吗？"

"不高冷，很和气啊！以前不是经常有任课老师的研究生来代课吗，你们说班主任的研究生会不会来给我们开班会什么的？"

"有可能有可能！怎么办，我已经开始激动了！"

白寻郁郁寡欢地吃饭，与寝室中的热闹格格不入：帅气的研究生学长什么的，跟我有什么关系呢？

熟料学长真人一露面就引起白寻的注意，因为他的声音……很像《江湖》的那个澜沧。

班会课上，隋澜沧站在讲台上，用白寻听着耳熟又跟语音声线不完全相同的声音说："大家好，我叫隋澜沧，是你们班主任老师的研究生，也会协助你们班主任做一些管理工作，希望大家以后多多配合。这是我的微信二维码，大家可以加我好友，有事随时联系。"

白寻眼睛一亮，立刻扫描学长的二维码，却发现并不是躺在她微信黑名单中的那个"澜沧"。果然是不一样的人……也对，天下哪有那么巧的事？

女孩丧气地趴到桌上，所以没注意到学长望着她温柔又专注的目光。

后面的日子，隋澜沧果然如他所说，在这群本科学弟学妹们面前刷足了存在感。

虽然理智上知道学长不是自己喜欢的澜沧，白寻却仅仅因为对方说话时与某人相似的口癖音调，像被磁铁吸引一样，难以自控地离学长近一点、再近一点。

一点点靠近的结果就是全班女生都认为白寻喜欢学长，而隋澜沧对白寻也很偏爱。

比如说，大部分人给他发微信，他都会建议对方发文字，只有跟白寻聊天的时候，隋澜沧才会发来五个饱含宠溺包容的字："没事，你说话。"

白寻对此不以为然，辩解道："那是因为我手速慢！等我发一条文字消息要等到猴年马月。"

"啧啧啧。"室友们不赞同地对她晃手指，"少女，不要睁眼说瞎话，别说你看不到他注视你时的满眼爱意。"

白寻不知所措地咬住嘴唇。

一位室友抱住她："你到底觉得哪儿有问题？我以为你挺喜欢学长来着。"

白寻回抱住室友，犹豫了一下，终于说出实话，将对澜沧由声音开始的暗恋和贴吧爆照事件和盘托出。

室友们听得义愤填膺，纷纷谴责澜沧是个渣男，咒芳踪影一辈子没有女朋友，随即使劲儿用手戳白寻脑门："你啊你啊，你这是把学长当替身了，好过分！学长好可怜啊！"

白寻可怜巴巴地捂着脑门，虚心接受室友们的批评教育。

"阿寻，既然发现网上那个不靠谱，就该爽快点彻底放开！"

"网上连面都没见过的游戏宅男，哪有身边的优质学长靠谱？！"

"阿寻，对学长公平点，好好跟他相处看看。如果真的不来电算了，如果对他有感觉，就好好跟他在一起，别把他当成谁的替身。"

……

这次寝室教育一直持续到熄灯，白寻指天发誓自己一定忘掉网络上的澜沧、好好跟隋澜沧学长相处，其他姑娘才放过了她。

夜里，白寻躺在床上仔细思考室友们的话。良久，她打开《江湖》的贴吧，找到有自己照片的帖子，一层一层看那些恶意满满、冷嘲热讽的回复，看了十来层就心态崩溃地扔掉手机："记住这种感觉，这种后果是澜沧造成的……放弃一个不爱自己的人吧，别傻了，白寻。"

08 💕还喜欢你

白寻开始用全新的眼光来审视隋澜沧学长。摒除声音，她发现学长的确长得很帅，性格幽默温和又行动力十足，学术素养很高，吃喝玩乐同样擅长。

跟白寻相处的时候，学长安排的约会地点和项目总是能 get 到她的点，仿佛对她十分了解；看她的眼神也总是盈满深情，总像是看失而复得的珍宝。

元旦假期，两个人一起去了漫展。回学校的路上，白寻问隋澜沧："有时候感觉学长好像认识我很久……"

隋澜沧轻笑："说不定呢？"

"我们以前在什么地方见过？"

隋澜沧但笑不语。

白寻不再追问，哼着歌摆弄刚买到的周边。却听学长微微凑近，低声问她："阿寻，2月14日我们一起过，好不好？"

白寻脸颊泛红，没有回答。

期末考试结束，春节假期随之而来。正月还没出，2月14日的西洋情人节就要来了。

早上7点多，白寻就起床靠着枕头发呆。

隋澜沧约她今天中午共进午餐，白寻知道，今天这一去，就相当于接受对方的告白……

她要接受对方的告白吗？她喜欢学长吗，比喜欢那个激情四射的指挥澜沧更喜欢吗？

"啊啊啊啊，这个时候怎么又想起那个人！"白寻挫败地拼命挠被子，拿出手机翻出那个让她痛苦的照片贴："不行，我要自我伤害清醒一下！"

她咬牙切齿地浏览回帖，一口气看了3页，直到一个熟悉的名字映入眼帘：澜沧。

澜沧竟然回复了这个帖子？看时间还是他们两人争吵之后？

白寻只觉心跳如鼓，深呼吸几次，才鼓足勇气阅读澜沧的回帖。

你们都不喜欢她这个样子没关系，我喜欢。

阿寻，虽然有些迟了，但我还是想告诉你，我喜欢你，对不起。

把你这张照片给他，诚然是我好面子、不肯承认自己跟你相处了几个月就没出息地被"策反"，也是因为我臭不要脸的占有欲，不敢让他看你现在的样子。

可我错了，我连你原本的样子都不该给他看，我不该让其他任何人看。是我害你被其他人嘲笑，我本应该把你的一切都收好，藏着，亲口告诉你我觉得你胖的时候巨可爱、瘦的时候巨美。

阿寻，对不起，我知错了。

我是喜欢你的，不是从知道你喜欢我很久才开始喜欢你，不是从知道你付出了多少才开始喜欢你……而是从更早，从我为你野外PK、从我教你怎么玩问柳、从我假装女中学生跟你语音第一次听到你的声音——就开始喜欢你了。

我之前总吹嘘自己手速高，调侃你是个手残……可在最关键的时刻，我才是手残的那一个。

手速180有什么用？赶不及在被拉黑前说一句爱你。

大滴大滴眼泪砸在手机屏幕上，白寻哭得肩膀耸动。

原来澜沧也是喜欢我的，原来他把照片发给芳踪影并不是为了一起嘲笑我，原来我的念念不忘早在半年前就有了回响……这一切真是太幸福了！

这样的幸福让白寻迫不及待地点开微信，将澜沧从黑名单中拉了出来。可给对方发消息之前，白寻想起了另一件重要的事。

她擦掉眼泪，思考许久，最终拨通了隋澜沧的电话。

"喂，阿寻？"很快，学长的声音传来，这样听跟澜沧更相似了。

"学长，对不起，今天的约会我不能去了。"白寻用力攥住被子，给自己加油鼓劲儿。

"出了什么事吗？"

"没有什么事……就是，我，我其实已经有喜欢的人了，之前没在一起是因为一些误会，现在误会澄清了，嗯……"白寻有些艰难地说。

电话那端一片沉默，正在花店挑玫瑰的隋澜沧被花刺扎破了手。

恍惚了十几秒，他才终于找回自己的声音，努力保持着镇定说："哦，这样……没关系，那我祝福你们。"

"对不起……"

"没什么对不起的。阿寻，你幸福最重要。"隋澜沧挂上电话，苦笑着对花店老板说："不好意思，花不用了。"

他离开花店，扯开板正的领结，像落魄的流浪汉一样直接坐在路边的花坛上，抓乱自己精心打理的头发。

"还是不行……"男人揉按酸胀的太阳穴，用这个动作来遮挡泛红的眼眶和酸涩的鼻子，"隋澜沧，你真活该。"

白寻喜欢上别人……一切都太迟了。

在网游里搞砸一切，当隋澜沧发现自己的研究生竟然考在白寻的学校，简直欣喜若狂。

白寻总说他注视她的眼神像看失而复得的珍宝，隋澜沧总在心底默默回答：没错。

阿寻，你是我失而复得的珍宝。这一次，换我来喜欢你，从你不知道的时候开始，喜欢你很久很久……

眼泪到底还是夺眶而出，顺着脸颊滚到了下巴上。失而复得，又在他以为唾手可得的时候发现终究求不得……隋澜沧心中的苦涩化作黄连，怕是能苦掉整条澜沧江。

就在这时，微信语音通话的铃声响起。听铃声，应该是他用来休闲娱乐的那个账号。

隋澜沧抹掉眼泪掏出手机，却发现对方竟然是寻澜！

寻澜，白寻？！

许多念头尖叫着跳进隋澜沧的脑海，令他不敢置信地瞪大眼，久久不敢接听。

始终得不到回应，对方挂断了通话邀请。

隋澜沧肢体僵硬地盯着手机，像是看着即将开启的潘多拉魔盒。

过了足有五分钟，白寻才发来一条文字消息：澜沧，我看到贴吧你的回复了。我现在还喜欢你，你还喜欢我吗？

隋澜沧用手捂住了脸。

白寻发出文字消息，忐忑不安地等待着对面的答复。

时间已经过去了半年，万一澜沧已经不喜欢她了该怎么办？万一澜沧反而生气她现在才回复又怎么办？

正胡思乱想时，对面竟发来视频邀请。

白寻连滚带爬地下床，冲到卫生间确定自己还算能看，这才颤巍巍地接通视频——

隋澜沧学长那张英俊的脸冲入眼帘！

"学，学长？"白寻呆若木鸡。

隋澜沧对她微微一笑，眼眶红彤彤的，像受了天大委屈的傻兔子。

"寻澜，"他直接叫出她的游戏 ID，用有点吊儿郎当的语气对她说，"接个视频的速度都这么慢，你手速不行啊!

"我等不及打字了，必须直接跟你说。

"阿寻，我也喜欢你，很喜欢你，一直喜欢你，只有你。"

END

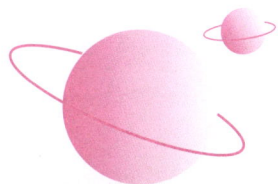

专属于你的
心情晴雨手账

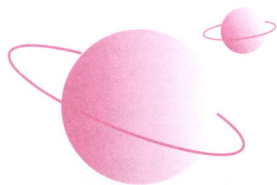

> 最 萌 性 格 差
>
> ×
>
> 你 和 我 在 一 起 就 是
> 为 了 我 的 实 验 数 据

Text / 西 线

西线：工科宅女一枚，喜欢看小说，因羡慕别人笔下天马行空的世界而自己拿起笔来，从此一发不可收拾。文字简练干脆，不拖泥带水。

01

李丹清单身 SOLO 二十年,用现在流行的一句话叫作"凭本事单身"。什么雄性生物到她跟前不出几天就成兄弟,爱情的火花还没擦起来就被李丹清自带 BUFF 的气质给浇灭了。一时没浇灭的,时间久了,听到"李丹清"三个字也都闻风丧胆了……

不少好事者纷纷猜测李丹清以后会栽在谁身上,但李丹清表示,你们还是洗洗睡吧。

02

李丹清的外婆是个要强的人,要强了一辈子,把这脾气传给了李丹清。

打小的时候外婆就跟李丹清说,女人和男人没什么区别,男人能做的事女人也能做,甚至做得更好。

李丹清记住了,所以她成绩向来甩班上男生一大截,数理化照样如此。

外婆还跟她说,被欺负了就要自己讨回来,哭是最没用的,谁对你做了不好的事,你就揍到他认错赔礼。

李丹清也记住了,转学第一天就将新班级经常欺负人的小霸王给揍成了猪头,从此也奠定了她班级一霸的地位。

123

于是，小小的李丹清就在心里给雄性这种生物和傻缺划上了等号。

李丹清她爸有两个女儿，没有儿子，望子成龙是没办法了，只好望女成凤，就瞅着自己俩闺女能上清华。眼看着高考就要来临了，给姐妹俩改了名字，族谱扒拉出来，丹字辈的。

丹清，丹华就这么一拍掌定了，完全没经过李丹清两姐妹的同意。

因为这名字，姐妹俩没少被同学嘲讽。李丹清统统武力解决，让对方道了歉还将人扔到教导处主任面前写检讨，她身后跟着改名字后被欺负哭了的李丹华。

李丹清撇撇嘴看着只会哭鼻子的自家妹子，内心十分不屑。哭有什么用，嘴欠手欠的直接揍服就好了。

说起来也怪，两姐妹从气质到长相，没一处像的，一个在实验班一个却在最差的班，偏偏那个在实验班的才是让老师头疼的。

因为揍人这事李丹清还被请了家长，老师却不好意思细说发生了什么，只说李丹清性格像男孩子了些，平时要多呵护一下。

李丹清爸有点矫枉过正，从此零食按草莓味的买，衣服鞋子按粉红色的买，那之后李丹清觉得自己差点成为一颗行走的大草莓。

名字的风波就这样过去了，但李丹清她爸的愿望却没实现，且不说李丹华一向成绩不好，就连李丹清也只填了本地的一所大学。

填志愿的时候李丹清爹妈当初的雄心壮志早不知扔到哪里去了，死活拽着自己闺女不让填外地的大学。

李丹清："当初让我考清华的时候怎么没想北京远啊？"

爹妈："可你不是没考上清华吗？"

李丹清："但我这分去外地上一本也可以啊。"

爹妈异口同声："反正就是不准报外地。"

李丹清虽然整个生长过程都是天不怕地不怕的，但是她很少和父母对着来，当初改名时她一百个不情愿最后也认了，这次她又妥协了，留了下来。

事情到了现在，大学一年，李丹清觉得自己成没成凤是不知道，但觉得自己成了狗，单身狗和累成狗。

她大学选了工科专业，每天做不完的实验。别人进了大学都开始精致生活了，美容护肤谈恋爱，旅游社交搞比赛，而她除了实验实验实验还是实验！早上六点半睁开眼睛，拧巴拧巴弄干净自己就冲进了教室，晚上十点扒拉着头发从实验室出来，回宿舍居然还要写课后作业，李丹清有时候恍惚以为自己还在上高中……

03

李丹清住的四个人的宿舍，是个混合宿舍。宿舍里有一个艺术系的妹子，李丹清叫她欢欢，另外两个室友则是同专业不同班的。

正所谓没有对比就没有伤害，欢欢新学年开学不到一个月就找到了自己爱情的罗密欧，每天致力于闪瞎另外三个室友的钛合金眼。

李丹清撇撇嘴，男朋友还不如实验数据重要，谁要能帮她把实验数据一次给整齐了，她就跪下唱《征服》！

对，在李丹清眼里，男朋友还不如实验数据……

某天晚上三教实验楼，李丹清照例要死不活地从实验室爬出来，已经十点多的实验楼几乎全部都走空了，陷入黑暗的大楼看上去有些阴森森的。

李丹清脑补着各种妖魔鬼怪的样子，浑身鸡皮疙瘩都起来了。她虽然天不怕地不怕，但她怕黑怕鬼，一直到上初中她还改不了开灯睡觉的习惯，自从住宿舍后，她才极力克制住了这一点。

正在这时，起了风，树叶沙沙作响，风中隐约还传来了女人的哭声。李丹清顿觉头皮发麻，脚下飞奔起来。

就在她几乎控制不住要尖叫的时候，一声女生的怒吼抢了先。

"我就知道你和我在一起是为了我的实验数据！"

李丹清脚下一阵踉跄。等等，实验数据？

接着又出现另外一个男声，有些冷淡："我解释了你都不听，分手也是你提的，我还能怎么样？"

欸？分手？

李丹清这才明白，刚才那阵让人毛骨悚然的哭声其实是人家情侣吵架分手的杰作……

渣男！惹哭女孩子不可忍，骗实验数据也不可饶恕，吓得她差点掉形象更不可原谅。心中被气愤填满的李丹清压根没管认不认识对方，冲过去拉起蹲在地上哭的学姐，反手就扇了那脸都没看清的男生一巴掌。

被揍了的柳榭："你为什么要打我？"

"你骗实验数据！"

"她大我们一届，我要她数据有用吗？"

"那你就是要她以前的数据！"

"我和你说不通。"

"渣男！"

"嘿，这还有完没完！"柳榭觉得面前这人真是不讲道理。

揍了人的李丹清这时也想起来自己好像真的没有什么道理，缩了缩脖子，自我安慰道：天很黑，对方又不认识自己，以后不会认出来的。

于是她趁着柳榭还没反应过来的时候，逃了……

04

柳榭觉得遇到李丹清的那一天大概是他最倒霉的一天，首先是相处了一个月的女朋友居然和他分手了，从来都是他甩别人，这一次竟然是被甩，正气闷着呢，就被一个突然冲出来的不认识的女生莫名其妙打了一耳光。

好气，但还是要保持风度。

他努力心平气和地问为什么，却被那女人胡搅蛮缠一通，更无语的是——那女人竟然还跑了！

柳榭决定将这一天永远地划进自己的黑历史中，再也不想记起！

然而就在他意气风发，并且已经开始自己情场上的又一春时，柳榭再次见到了那个打了他耳光的女人。

当时李丹清被学院副主席拽到他面前来："都是一个院的，你们几个小组的负责人要认识认识，别搁那里不讲话。"

认识，当然认识，他们不光认识，还有深仇大恨呢！

柳榭觉得这就是"不是冤家不聚头"，大学前一年他压根没见到过李丹清这个人，结果现在短短不到一个星期就碰见两次，还被院副主席强行凑堆，进行"友好学术交流"。

难道是上天给机会让他报仇？

李丹清被按着坐在柳榭旁边的凳子上，这种类似被家长强迫去相亲的既视感让她有点无语，只好面无表情地盯着桌上的文件，看都没看柳榭一眼。

气氛骤然尴尬。

过了会，李丹清忽然问："这报告谁写的？"

柳榭挑眉："怎么？我写的。"

李丹清侧过身子，眯着眼看他一会，她五百度的近视，不戴眼镜三米之外人畜不分，一米之内美丑不分。此刻李丹清看着面前模糊的物体，"哦"了一声，指出其中一行："这里数据肯定有问题。"

柳榭还没来得及反驳，李丹清凑近点："这一个步骤里，数据即使差了0.0005，出来的结果都会是错的，你这个数据差了一位，是怎么得到这个正确结果的？！"

她的眉毛浅淡，眼睛又生得上挑，看上去有些寡淡的凶相，柳榭顿时就想起李丹清当初揍他时虎虎生威的样子，忍不住往旁边挪了挪，与李丹清拉开距离。

李丹清莫名其妙地看了看柳榭有些神经的举动，觉得副主席大概识人不清，这家伙怎么看都不像个靠谱的，怎么当的第一实验组的负责人！

副主席听了李丹清的话，拿过报告核验起来，发现果真如此，但并不是柳榭做实验的时候出现了问题，而是他打报告的时候少打了一个 0。

这种低级错误听起来没什么，但是真的犯了又是十分丢脸的一件事，尤其是这份报告还很重要，若是没有发现就交上去的话，柳榭肯定少不了挨一顿批。

本来副主席就打算把柳榭和李丹清凑堆，现在更是一直让柳榭请李丹清吃饭，当作感谢。柳榭也明白这次的确是李丹清帮了他，但让他单独请李丹清吃饭又实在尴尬，便请了在场的所有人。

现在，柳榭确定，上天不是在给他机会报仇，而是在玩他。

饭桌上，柳榭没忍住，对李丹清道："每次遇到你，我都特别倒霉。"

正在和一只鸡翅膀奋斗的李丹清抬起头来："我们以前见过？"

柳榭气绝，感情这冤家揍了他一顿就把他给忘了。

"上周，三教实验楼，你在花坛那里还揍了我一顿。"

"哦，那个骗实验数据的家伙是吧？怪不得报告是错的。"李丹清恍然，记起面前这人。

"你还绕不开那实验数据是吧！我都说了我对她的实验数据没什么兴趣。"

"哦，"李丹清翻了个白眼，"关我屁事。"

柳榭再次气绝。

"合着不关你事，你还揍了我一顿，揍了也就算了，一点愧疚感都没有？"

柳榭向来在各种人中都吃得开，头一回遇到这样的人，心里顿时憋气了。他向来主意多，又绝不肯吃亏，便刻意灌起李丹清酒来。

李丹清虽然觉得这家伙每次敬酒的理由都非常烂，但是死不认输的个性让她一次都没拒绝地认下了。然而事实证明，李丹清再怎么被当作小子培养，在酒量上还是要强不了，她酒量随她爸，三杯倒。

于是自作孽不可活的柳榭同学就被院副主席派过去和另一个女生一同送醉了的李丹清回去。

清风袭人，路边的水塘内碧波徐徐。李丹清所在的大学在这个城市里是以景色闻名的，夜幕降临后，白天喧嚣的校园便静谧了许多。

就在散步的人心情舒畅地享受美景时，一声暴躁的怒吼从桥上传来。

"李丹清，下回我要再让你喝酒我就是猪！"

柳榭灌酒的时候想，李丹清总归是个女生，喝醉酒了无非说些胡话出点丑，或者干脆睡着第二天宿醉头痛罢了，但他没想到李丹清醉酒后的战斗力直线爆表。

他和另一个女生扶着李丹清往女生宿舍走，经过拱桥时，醉着的李丹清忽然说要看月亮，一个劲想往桥下的湖里蹦。

看看看，你这哪是要看，你这是要猴子捞月啊！柳榭想骂人。

陪同柳榭一起送李丹清回去的是和李丹清同班不同宿舍的同学，此刻有点尴尬地抱着李丹清的腰想将她拖离桥边。可是蹦跶得欢实的李丹清压根不是她一个人拉得住的，冷不防李丹清挥舞着一拳打在了柳榭脸上。

"李丹清！你老实说，你是不是嫉妒我长得帅！"

陪同的女生"扑哧"一笑，柳榭瞪过去后又立刻摆出一副认真严肃的表情抱住李丹清的腰。

"我们赶紧把她弄回去吧。"

"哼！"

柳榭将李丹清交给她的室友后，露出一副恨不得举手欢唱的模样，大长腿一迈，"噔噔噔"就从女生宿舍楼跑了，好像后头有什么吃人的怪物在追似的。

05

这场自打脸的报复虽然让柳榭更加不愿意见到李丹清，但因为同在一个学院的学习中心，李丹清和柳榭反而还莫名其妙地接触得多起来了。

时间久了，他们虽然总是吵个不停，实际上关系却不差，偶尔还能坐在一起吃个饭聊个天。尽管李丹清对柳榭的印象也深刻了起来，可他在她心目中的渣属性还是不降反升。

　　她认识柳榭一年多，每回见到柳榭身边的女生就没个重样的。

　　上个月李丹清看到跟在柳榭身边的还是一个短发大眼睛的可爱女生，这次见到的却是一个长发齐刘海的高个子女生。

　　李丹清好奇不过，问他："那个短发女生呢？"

　　"分了。"

　　"为什么？"

　　"之前没看清，后来发现，脸大！"

　　李丹清无话可说，瞪着一双眼睛："那这个？"

　　"这个？这个是五一假期动车上认识的。"

　　"哈？"

　　"在车上加了微信，发现是同一个学校的，她问我愿不愿意做她男朋友，我答应了。"

　　"就这么简单答应了？"

　　"不然呢？"

　　"渣男！"李丹清将啤酒杯往桌上一磕，指着柳榭鼻子骂道。

柳榭不满，夹起一个小龙虾："哪里渣了？！"过了一会，他想起什么，皱着眉道，"我跟你说过，不能喝酒就不要喝，一杯都不能喝。一旦你开了头，别人就有理由让你喝酒，到时候我连替你挡酒都不行。"

　　作为一个院中心的，他们俩经常被派出去参加其他院系的活动，饭局避免不了，李丹清不能喝酒，都是柳榭替她挡酒。

　　李丹清无言，柳榭说："你瞧瞧你，年纪一大把，居然没谈过恋爱，女孩子20岁出头是最好的年纪，但我都担心你走出去被人给骗了。你要是被骗了可别跟人说你认识我，我丢不起脸。"

　　李丹清撸起袖子："嗨呀，我这小暴脾气，还是揍死你吧。"

　　她这回没真打，虽然柳榭在谈恋爱上不靠谱，但是他对朋友十分不错，冲着这一点，李丹清还真没什么立场谴责他。

　　不出所料，柳榭这一任也没有持续多久，不过李丹清没关注就是。

　　李丹清参加了院里导师的一个实验项目，每天早出晚归，算起来两人许久未见面了，所以李丹清接到柳榭电话的时候还很诧异。

　　"有话快说，有屁快放！"李丹清一接起电话就甩出一句。

　　那边柳榭难得没有和她呛声，而是小心翼翼地问："你有什么不能受刺激的疾病吗？比如心脏病之类的。"

　　"没有。"

"那你现在心情好吗？有没有情绪很糟糕？"

李丹清心中莫名，怀疑对方今天吃错药了："你确定你没打错电话？"

"没有，你快回答，你现在心情怎么样？"

"你是不是做了什么亏心事？不会把你们组的实验搞砸了吧？"

"啧，你怎么脑袋里除了实验就是实验，就不能是别的吗？"

"所以你真的做了亏心事？"

"瞎说，我就想知道你的承受能力。快说啊，你心情好吗？"

"好，好得不得了，之前的实验告一段落了，接下来一个月我都不用泡在实验室了。"

"那你一定要扛住哈，你真的没有问题吗？"

"你到底说不说，不说我挂电话了。"

"我说，你深呼吸一口气，千万要淡定，不要把手机给砸了。我在追你实验组的小学妹！"最后一句话柳榭是以一种视死如归的语气说出来的。

电话这边本以为多大事的李丹清只觉得脑袋顶上飞过一排乌鸦，每一只乌鸦都叫着"傻瓜，傻瓜"。

"信了你有正经时候的我简直就是猪！"李丹清恨不得通过电波钻过去掐死那个混球。

"你不生气？"柳榭惊讶。

"生气，你下回打电话给我最好有重要的事，不然我把你拖进黑名单。"

柳榭不知道为什么觉得自己有点心塞，难道上回李丹清问的那些话真的只是八卦一下？他第一次怀疑自己的魅力。

06

所有的大学宿舍总有那么几个共同点，其中一个就是经常停水停电。停电的话倒还好，若是停水了，尤其是夏天，简直无法忍受。

只要看到宿舍楼下来来往往的学生提着各色水桶，就意味着宿舍又停水了，女生宿舍楼也会比往常热闹得多。因为这是男生能够光明正大进入女生宿舍的机会，自然有不少男生发扬绅士风度，不管是作为男友还是作为好友，都纷纷过来帮女生提水。

不过，5栋507宿舍除了在艺术院的欢欢有男朋友，另外三个工科生全是单身狗，而李丹清因为彪悍的人生，更是压根没考虑过找男同学帮忙提水这事。

别的女生两个人拎着一个桶通力合作，她就是人群中不一样的风景，她一个人拎两个桶……

李丹清刚把水桶接满，对面走来了一个身形极其熟悉的人。她眯起五百度的眼睛，等人走到面前时才瞧清楚那人是柳榭。

"你在这干吗？"

柳榭一脸"你是傻了吧"的表情，指了指楼上："我住这栋楼。"

"哦。"李丹清点点头，不是很在意地提起两只桶。她没把水装满，免得一会洒出来弄湿了鞋。

柳榭叫住她："你怎么自己提水，你男朋友呢？"

这句话不无试探的意味，柳榭说出口后自己都有点不自在。

李丹清拎着两桶水在他面前走了两步："你觉得我这样需要男朋友？"

柳榭敢肯定李丹清刚才朝自己翻白眼了，他心里念叨着男子汉不与女人计较，开始盘算另外一桩事。

"你关系好的男生也没有吗？"

"你不就是？"

柳榭一愣，不知道为什么刚才试探时的忐忑没了，心里还有点乐，他咳了一声假装没事人似的，走过去提起李丹清手上的两桶水："还愣着做什么，走起。"

大概是柳榭现在的表情看上去有些傻，李丹清觉得无法直视："你吃错药了？"

"帮你提水你还埋汰我？"

李丹清露出怀疑的神情："你该不会是有什么阴谋诡计吧，你怎么不去帮你女朋友提，还是你看上了我们宿舍的人，想借机进我们宿舍？不对，你上回不还在追我实验组的学妹吗？"

柳榭心里想：确实是看上你们宿舍的人了，也确实是你实验组的，不过人不就站在我面前吗？！

换作往常，柳榭要对一个女生这么好，又是替她挡酒又是隔三岔五找她吃饭，还没事就打电话撩她，人家早就有心思了，但是李丹清愣是能岿然不动，毫无所察！

"我跟你讲，你醒醒吧！你荼毒我小学妹就算了，我反正眼不见为净，你可别把手伸我室友这里，免得回头又挨揍。"

柳榭知道自己在李丹清心中是什么形象，不过他没打算跟对方说自己上一任分手后，现在还是空窗期。

多说无益。

他拎着李丹清的桶往她宿舍的方向走，李丹清在旁边义正词严地数落认识他这一年来的斑斑劣迹，到最后实在忍不住跳起来一巴掌拍他后脑勺上。

"嗨呀，好气，还是打了比较舒服。"

柳榭："……"

李丹清："你看我做什么？"

柳榭："你可能还需要再长高一点。"

李丹清恨不得踹他一脚。

"要不，我低下头再给你打一次？"柳榭见她生气，改口道。

我还是打死他吧……李丹清想。

07

自从柳榭帮李丹清提水后，507宿舍几个女人的八卦之魂就压抑不住了，而且八卦的对象是李丹清啊，这可比他们院四大阎王考试的时候不抓作弊还要难得。

好不容易逮着李丹清早回宿舍一次，507宿舍的众人立刻对她表示了室友之间团结友爱的关怀。

写作拷问，读作八卦。

"清清，那天帮你提水的帅哥是谁？"

"帅哥？"

"对啊对啊，就是个子蛮高的那个。"欢欢在一旁猛点头。

"哦，是渣男啊。"李丹清回想了一下柳榭的长相，发现因为自己"除了上课实验之外不喜欢戴眼镜"的毛病，她竟然一直没看清楚过柳榭的脸。

"渣男？"室友们惊呼，"清清，你和他？要不要我们帮你去揍他？"

"哈？"李丹清差点跳起来，"你们想太多了，他和我没关系！他要敢做坏事，我诅咒他实验数据全部都是错的。"

"哇，清清，你这诅咒太可怕了，"和李丹清同专业的笑笑抖了抖，"你跟他真没什么？"

"没有。"李丹清干脆果决地否定了。

室友们见到李丹清的态度，瞬间都没有了八卦的欲望。

"我们还以为有人能收了你呢。"

"是啊，你不知道，这是我们专业男生共同的愿望。上次连胜同学向阿篱表白，阿篱说想回去跟你说说，吓得连胜同学脸都白了。"

阿篱是李丹清在大学里走得比较近的一位朋友，平时一起上下课、做实验、吃饭等，几乎形影不离。

李丹清恍然大悟："我说上个星期连胜为什么打电话跟我说他要追阿篱，让我不要阻止他，也不要影响阿篱的决定。"

"哈哈哈哈哈，"507宿舍的几个人笑成一团，问李丹清，"你怎么回答他的。"

"我说了句'有病'就把电话给挂了。"

几个人忍不住又笑了起来，在心里同情连胜，也许李丹清就是天然黑吧。

李丹清想了想："说起来，不久前柳榭也干过这事，打电话告诉我他要追我小学妹的事，还问我心情好不好，我说'好啊'，他又说'你怎么没别的反应'。我觉得他肯定是看上你们中的谁了，你们保重！"

听了她的话，之前还在笑的几个人停了下来，面色诡异地互相看了几眼，拍了拍李丹清的肩膀："我们说错了，你不是天然黑，你是天然呆！"

李丹清莫名。

笑笑意味深长地问道："你之前电工实习焊的收音机去哪里了？"

"柳榭借去了啊，他说他的收不到台，拿我的去打分了。"

笑笑说："我们班三十多个人，焊出来的收音机能收到台的也就四个，那你觉得其他人老师就没有给分吗？"

李丹清皱着眉头，她不明白笑笑这话是什么意思，笑笑叹了口气："这个时候分早打完了，他把收音机还给你了吗？"

李丹清瞪大了眼睛，瞬间明白了。笑笑看见她的表情变了，终于欣慰了，看来李丹清还不是那么无可救药。

结果，下一刻就听李丹清道："混蛋，那个收音机是我打算留着做纪念的！我们班就我能收到台！他要是敢弄坏了或者不还，我就把他押在这里的金工实习的小锤子扔到学校的湖里去！"

得，还真没救了……

507 宿舍的人一直都觉得柳榭这人的态度已经足够明显了：没事巴

巴地跑来帮忙提水，找着借口把象征理工男爱情的金工实习小锤子塞给李丹清，天天在她朋友圈下面蹦跶，每条消息都不落下……

可是李丹清就能做到视而不见。

想了想，以笑笑为首的 507 宿舍的人还是有点同情柳榭呢，他大概真的还不如一组实验数据重要。

08

大三下的专业课很重，导师的实验项目李丹清完成了自己的那一部分之后就不那么频繁地跑头验室了。

天气热，她也确实不想往外跑，晚上就躲在宿舍里面，一边写专业课的作业，一边和笑笑吐槽她本以为上大学后就不会再有作业这种鬼东西的，谁知道大学的作业比高中还多，动不动就要写通宵。

笑笑漫不经心地道："我高中也都是通宵写作业啊，我可是外地考过来的，我们大学对外地学生真不友好。"

"哈哈，"李丹清乐了，"本地学生有优惠政策嘛。哪个地方的学校不都一样，换我那分数是北京本地的，我说不定就真如我爸的愿上了清华了。"

"别想了，上了清华你还能遇到我们？这就是命，是缘分！"

"对对对，缘分！"李丹清正附和笑笑的话，宿舍的门就被隔壁的阿篱推开了，"哎，你们宿舍还有热水不，澡堂洗到一半停水又停电，我头发还没冲呢。"

"有啊，水瓶全是满的，你随便拿。不过澡堂停水了？"

"是啊，男生宿舍那边的线路好像和澡堂是一片的，估计也没电了。"

"还好这次不是女生这边，这种天气，停水简直要命。"李丹清庆幸。

"停电也要命啊，热死了。"

"也是。"李丹清话音刚落，她的手机就响起来了，是柳榭。

"澡堂停水了。"

"哦，我知道了。"

"我刚给自己打上肥皂，脑袋上揉了洗发精，它就停水了！还停了电……你知道我现在站在黑暗中的感想吗？"

"大概觉得自己像傻缺？"

"你就不能说点什么安慰我？"

"哦，你好可怜啊，这样行了吗？"

"……"

"喂，柳榭？你该不会生气了吧？"

"没有……帮我送点水过来。"

"不要！"

"为什么？"

143

“你是男的吧，你在男生澡堂，里面全是男的吧！”

“你不是号称钢铁直男，女中汉子吗？你快点，我宿舍的家伙压根就没烧水，男生宿舍没电了。”

“那你顶着泡沫裸奔吧！”李丹清“啪”地挂了电话。

笑笑：“……”

阿篱：“……”

笑笑：“要不你还是给他送两瓶水过去吧，听上去怪可怜的。”

二十分钟后，李丹清拎着两个暖水瓶站在男澡堂门口，惊得澡堂老板娘手上的烟都掉了。

李丹清见到老板娘，气势汹汹地冲过去，老板娘甚至以为下一刻李丹清就要将开水朝她泼过来。

“老板娘，能帮我把这两瓶水给里面那个叫柳榭的吗？”

老板娘心领神会，接过水瓶递给老板，然而李丹清还没来得及离开就听到老板嘹亮的大嗓门：“柳榭在哪一间？你女朋友来给你送水了。”

李丹清脚下一滑，差点滚下楼梯，回身怒道：“我不是他女朋友！”

她这边怒气还没消，柳榭又一个电话打过来了：“李丹清你杀猪呢！整了两瓶开水过来，你不能带瓶冷水啊。”

"你难道不是猪吗？"

"猪会做实验写报告帮你分析数据答疑解惑吗？"

"那你比猪也就强那么一点。"

"帮我再弄点冷水来吧。"

"有水就不错了，要求还那么多。"

"咱俩谁跟谁啊。"

"你就忽悠吧，谁要给你弄冷水，你自己放凉吧！"

回宿舍的路上，李丹清总觉得自己被笑笑坑了，难道笑笑喜欢柳榭又不好意思自己来送水？

重新回到宿舍的李丹清一脸深沉凝重地对笑笑说："你放心，我会支持你的任何决定的！"

虽然不知道李丹清脑补了什么，但是笑笑还是飞快地做出了反应："好啊，下次轮到我刷宿舍厕所的时候你替我吧。"

09

柳榭很清楚自己对李丹清那点意思，但他是个要面子的人，第一次碰到李丹清的那一次是他唯一一次被甩的经历，他一点也不想再经历一次。因此尽管他知道自己喜欢李丹清，但在李丹清有所表示之前，他不会直白地表白的，所以他才不断地试探李丹清。

柳榭的哥们知道后嗤笑了很久，笑他当局者迷："你就这样吧，现在给她打电话，说你情绪很不好，让她过来一下，你看她来不来就知道了。"

　　"这个时候她在上课，肯定不会来的。"

　　"你倒是试一试啊。"

　　柳榭拨了李丹清的电话，意外地，李丹清接了，虽然响铃的时间久了点。

　　电话通了后李丹清并没有立刻说话，话筒里隐隐传来讲课的声音，接着有窸窸窣窣的声音，不知道李丹清是出来了还是换到了角落里。

　　"喂？"这一声"喂"很轻，柳榭判断李丹清大概没有出教室，"你打我电话做什么？我在上课，有什么事不能发消息吗？"

　　"不能，因为我要确定你能不能来。"柳榭说。

　　"什么我来不来，怎么了？"

　　"我有些事想说，我心情不太好，现在在湖边的凉亭里。"

　　李丹清抬头看了看讲台上的老师，捂着话筒思索了一会。大三大部分都是专业课，这节课却是学校脑抽安排的专业英语课，李丹清英语不错，所以她犹豫了一会就决定中途翘课了，柳榭刚才的情绪听上去是有点不对。

　　"你等我会，可千万别跳湖了。"

"……"举着电话的柳榭不知道是该高兴还是该无语，不过李丹清总算是还很看重自己的，虽然是担心自己跳湖。

他默默地盯着面前的湖，想了半天觉得自己家庭不错，长相也不差，一直顺风顺水，唯一的挫折就是李丹清了。他不明白到底哪里出了问题，竟然让李丹清误解他会跳湖……

半个钟头后，李丹清出现在他面前，两人胡乱讲了些话，倒是都没提之前柳榭说心情不好的那个借口。

反正是说闲话，李丹清就和柳榭讲了自己班上一对情侣家暴的事，说男方经常打女方，不给抄试卷还把女方的试卷给撕了，刚才英语课上当着老师的面扯着女生的头发打，实在是过分。

这事情确实让人唏嘘，虽然李丹清总是吐槽柳榭，但也只是嘴上说说。

想了想，李丹清指着柳榭道："这么一比，你倒还可爱点。"

柳榭微微一笑："你现在才觉得我好？我也觉得你再也找不到比我更好的了。"

"你可是得寸进尺啊，我说的是相比起来你要好点，没说你好啊。"

柳榭无奈，也不去强行纠正她这根深蒂固的第一印象，道："我觉得你也有点家暴。"

李丹清一愣："我家暴谁啊？"

"家暴我啊。"柳榭指了指自己，面上装作委屈，"你动不动就打我，还经常骂我，我可难过了。"

李丹清目瞪口呆，柳榭今天画风不对啊……

好半天她反应过来："谁和你是一家的啊！"

10

李丹清是迟钝了点，不过她不是个傻瓜，那天柳榭的话已经说到那种地步了，她再觉察不出什么来，她就觉得对不住自己的智商了……

她虽然一直被当作女中汉子，自强自立，男生都以为她太过强势不好接近，但说到底是从没被人追过，她一时不知道怎么应付这种情况。

李丹清趴在床上，探下一颗脑袋来，欢欢在下面看电视剧，被她这一颗头吓了一跳。

"哎，欢欢啊，你男朋友当初怎么追你的？"

"怎么追？送花请饭加表白啊。"还沉迷在剧情中的欢欢没多想就答了。对面铺的笑笑却一下子反应过来，从床上翻身而起："难道柳榭给你表白了？！"

李丹清汗毛都竖起来了："你胡说什么！"

笑笑似笑非笑地看了她一眼："哦，我还以为他喜欢你呢。最近咱们院有个小学妹追他追得挺紧的，他可愣是岿然不动呢。"

李丹清脑子有点空白，这种情况她没想过，她甚至没想过恋爱这种事。于是，她茫然地问笑笑："可是谈恋爱有什么意义呢？我什么都能自己做，就算是实验项目，我也能自己搞定。"

笑笑自然给不了她答案，二十多年的生活态度一朝被打破，笑笑知道李丹清需要时间接受。

而柳榭那边近来就觉得有些莫名其妙了，因为李丹清开始疏远他了。电话不接，消息不回，即使学术活动上遇到了，李丹清的态度也极其冷淡。

柳榭想和李丹清谈谈，但一直找不到机会，直到李丹清的室友笑笑找上来了。

他见过笑笑几面，不过不熟，对方来找他却让他觉得是个好机会，他需要笑笑带几句话，不想笑笑竟然先开口了。

"清清这段时间很忙，你知道吧，她双学位要考试了，可是这周导师又给她安排了实验课题，"对方笑眯眯，"我说这些你应该都懂吧。"

柳榭向来是个人精，把手一伸："实验室的钥匙给我。"

"不错，真聪明。"笑笑将一把小巧的钥匙扔进柳榭手里，"数据做得漂亮点。她要强惯了，你不比她强，她压根不会看你。"

正在隔壁大学考试的李丹清连打了三个喷嚏，还以为自己复习太

149

晚感冒了，完全没想到自己的室友会出卖自己。

一周后连考了十四门课的李丹清头晕目眩地从隔壁大学回来，看见柳榭正站在她要经过的那条路上，手里提着西瓜冰，靠着电线杆子。有那么一瞬间，李丹清竟昏了头地觉得这家伙有点帅。

哦，她今天因为考试戴眼镜了。

柳榭迎上去把西瓜冰给她："冰的，趁冰没化赶紧喝。"

"唔。"李丹清机械地接过西瓜冰。

"实验室的课题我替你做了，报告老师给了满分，你要检查吗？"

"欸？"

"我记得你说过谁要是能帮你搞定实验数据，你就跪下唱《征服》。我不要你唱《征服》，你答应我做我女朋友就行。"

"谁告诉你这些的。"

"你室友。"

"叛徒！"

11

对于柳榭的追求，李丹清当时因为过于紧张而无法回答，两人以一种奇妙的状态回到了学校。直到李丹清看到了那份被导师给了满分的实验论文后，激动得无以复加。

事后柳榭感叹道："你和我在一起果然是为了我的实验数据。"

李丹清歪着头想了半天，觉得这句话有点耳熟，但她挥挥手就把这茬给揭过了。

要说李丹清谈恋爱后最开心的要数他们专业的男生了，可算把这尊魔王给送出去了，就连连胜同学追起阿篱来都格外卖力，满怀希望。

至于柳榭，能够搞定李丹清，在他们院已经成了男生心中膜拜的榜样了。

本以为李丹清恋爱后会改掉拼命三郎的态度，但结果李丹清一如既往地早出晚归，在实验室奋斗。

面对笑笑不解的疑问，李丹清只能叹口气道："谈恋爱真辛苦，害我不得不全力以赴，不然就真的只是为了他的实验数据了。"

END

> 最萌专业差
> ×
> 蠢货

Text / 喵 大 人

喵大人：从科幻惊悚到古风言情，什么类型都能写。励志成为全能型写手。

01

"探长，你确定你不需要心理疏导？"心理医生摘下细边的框架眼镜，他修长的手指慢条斯理地擦着镜片。像他这样俊美又年轻的医生很少见，何况他举止言谈都十分有修养，所以，医生的生意总是很好，门庭若市。

长桌对面的年轻女人是著名的警探，17岁就获得PHD学位的少年天才，她以高智商和高破案率闻名。

警探不屑道："我说了很多遍，我不相信伪科学。"

医生脾气很好，对她的公然侮辱只是付之一笑："那么，你每天九点准时坐到我办公室，比上班还准时到底是干什么？"

她既不需要心理咨询也没有案件需要调查，每天都到他办公室询问些无关紧要的事，一问就是一两个小时。

"已经一个星期了，探长。"他好看的眼睛注视着她，等待她的回答。

"医生，你有女朋友吗？"警探避开了他的问题。

他愣了一下，倏而笑了："这是公事还是私事？"

她严肃地直视他："当然是公事，所有你觉得无关紧要的事在特定时间都会变成有力证据。"

医生无所谓地耸肩："好吧，我没有女朋友。所以呢？"

警探指了指他桌上喝了几口的咖啡："所以，你千万不要和你的助理，这位每天早上请你喝咖啡的小姐约会。"

医生不置可否地笑了："你怎么知道咖啡是谁买的？你又没看到。"

警探轻蔑地扫了他一眼："你办公室门外的垃圾桶里每次都有两个咖啡杯的纸盖，其中一个沾了口红印，而这层楼涂口红的女性只有你的助理小姐一个人，你家和公司附近都没有咖啡店。所以这是个很简单的推论：这是她买的。"

他不以为然道："那么，你是怎么判断咖啡是她送我的，而不是我花钱请她帮我买的呢？"

警探脸上的不屑加深了："因为你根本就不喜欢咖啡。"

她的视线停在他仅仅喝了几口的咖啡杯上。

"你不喜欢咖啡，所以你每次都只是象征性地抿一点，从来都不会喝第四口。而她并不知道。"

医生极不情愿地承认她说的都对："她确实每天都请我喝咖啡，也确实在追我。"

他总算出现了疑惑的表情："但那又怎么样呢，我为什么不能和她约会？"

警探对他的反应很满意，她得意道："因为她已经结婚了，而且她的丈夫有躁狂症的家族史。躁狂症病人发病时杀人不会被判死刑。我不希望在太平间见到你，医生。"

"怎么可能？她从来都没有说过她结婚了。你怎么会知道？"医生明显难以置信。

警探不耐烦道："看，你总问这样愚蠢的问题。如果你肯稍微观察一下细节，就会发现助理小姐左手的无名指有道明显的白印子，这说明她上班时把婚戒拿下来了。

"如果你观察得再仔细一点，就会发现她把婚戒放在左手边的口袋里，这样方便她下班时戴起来。"

医生总算服气了："探长，你的观察确实细致入微。这个星期，你已经分析了七个对我有意思的女人，并且详细说明了如果我和她们约会会有哪些不同的死法。"

警探严肃地点头："从专业角度来说，你和她们约会确实有不得好死的风险。"

医生挑眉："那么，我该提前感谢探长挽救了我的生命？"

警探微笑："不用客气。"

医生突然盯住她："恕我直言，探长，据我这一个星期对你的观察，你真的需要心理咨询。"

警探怒了："你说什么？"

他修长的手指夹着笔转了一圈，停在纸面上："你每次见到我都表现得紧张不安，虽然你不可能承认，但是你面部的细微变化说明了一切。每次只要谈到正在追我的女性，你的语调就会无意识变高。你在压制愤怒和烦躁，探长。"

警探冷笑："胡说八道。"

医生不紧不慢道："从我的专业来说，这只有两种情况，要么，你就是自主神经功能紊乱。"

"荒谬！"警探气得直抖。

"还有一种呢？"她怒气冲冲地问他。

他漂亮的眼睛浮了一丝笑意："要么，你就是喜欢我。"

她的脸"刷"地红了，整个人像猫被踩了尾巴一样跳了起来："一派胡言！"

"我对智商比我低的人没兴趣。"警探此刻坐立难安，她索性起身出门。

她刚起身手腕就被他扼住，手腕上温热的触感带着一点点酥麻。

她触电一样甩开："你干什么？！"

医生一脸无辜："我只是想问一下，你是怎么推理出助理小姐的丈夫有躁狂症的家族史的？"

警探像看傻子一样看他："不是推理，蠢货。"

她扬了扬手机："百度。"

02

医院楼下的日料店里，警探和她的助手穿着便服躲在一大盆绿色盆栽后面。

"探长，这个心理医生是新的嫌疑人？"警探的助手瞄了眼远处坐着的英俊男人，压低声音问她。

"当然不是。"警探显然不想回答他的愚蠢问题。

"那么我们为什么要跟踪他？"

警探脸一红："谁说我在跟踪他？"

"因为我们专门开了半个小时的车过来，而且你最讨厌日本料理。"

警探掩饰性地咳了咳："人总是会变的嘛，我现在就觉得日料很好吃。"她的筷子夹着三文鱼在碟子里拖来拖去，始终下不了嘴。

"探长，你是不是喜欢他？"助手恍然大悟地看着她。

警探白了他一眼："我是不是教过你凡事都要用逻辑推理，不要胡乱猜测。"

助手急不可待地展示他的演绎法："如果他不是嫌疑人，你又不喜欢他，那探长为什么最近总是大费周章地跟他制造偶遇？还有你手机里可全是他的照片。"

"你看我手机干吗？"警探恼羞成怒。

"如果你不是警探的话，我还以为这是哪个变态跟踪狂的手机。"

助手补刀。

他们说话的声音高了一点，引起了医生的注意。

他的视线向她这里扫来。

警探像鸵鸟一样把脸埋在菜单后面。医生收回了视线，低头笑了。

"探长，他对面的那个女人是你情敌吗？"助手的嘴一张一合却不发出声音。

警探读懂了唇语。

"也许是。"她用词准确。

心理医生对面的女人很漂亮，她正热情地给他夹菜。

警探恶狠狠地用筷子捅着碟子里可怜的三文鱼片。

漂亮女人给他夹了一次又一次，医生笑着接受了。

"探长，你还好吗？"助手用唇语问。

"有什么不好？"警探没好气道。

"你已经连着吃了三片生姜了。"他同情地看着她。

警探把生姜吐了出来，起身忍无可忍地走了过去。

"医生，没想到你对生命毫无敬畏之心。"她走到他面前。

医生早就熟悉了她诡异的问好方式，他礼貌地对她笑："你也晚上好。"

"你竟然敢吃别人夹给你的菜，你读过她的体检报告吗？你知道筷

158

子上可能有多少幽门螺旋杆菌，幽门螺旋杆菌导致胃癌的发病率是多少吗？"

她一连串的质问让整个餐厅瞬间鸦雀无声。

医生微笑："我也很高兴看到你，请坐。"

漂亮女人已经蹙紧了眉："等等，请问这个疯子是谁？"

医生神色歉然："是我的朋友，其实她是个天才……"

"神经病啊！"漂亮女人怒气冲冲地看了他们俩一眼。她细腰一扭，踩着高跟鞋"哒哒"地走远了。

"探长，实在没想到会在这见到你，我可记得你坚决不吃刺身。"他看着她嘴角微弯。

"没错，因为我不像医生你胆子这么大，敢冒着感染肠炎弧菌和异尖线虫的风险吃这种危险食物。"

"而且还和不了解的女人一起。"警探冷笑。

他的眼底漫开笑意："探长，你是在吃醋吧。"

"我没有吃醋！"警探耳朵红了。

他轻笑："你的反应时间是 0.2 秒，而且用了重复性词汇。"

警探怒视着他："你想说什么？"

医生慢条斯理地夹了一块刺身："根据行为心理学，如果一个人说谎，他的反应潜伏期会很短，而且会重复提问内容。"

警探又坐不住了："我不想了解伪科学。"

他嘴角微扬，似笑非笑地盯着她："你其实很喜欢我吧？只是不肯承认罢了。"

警探没等他说完就赶紧否认："我没有喜欢你！"

他眼底的笑意更深了："你看，这次是 0.1 秒，完整性重复提问内容。你又说谎了。"

没等她反驳，他的手突然覆在了她的手背上。

"你干什么？"她警惕道。

"做个实验。"他修长的手指故作不经意地在她的手腕和掌心游走，她身子一颤。

她猛地想缩回手，却又被他拉回来，十指相扣。

衣冠楚楚的医生，嘴角带着轻佻的笑："瞳孔扩张，脉搏跳动频率加速。"

她的手还被他紧紧地攥着抽不回来，警探咬牙切齿："有话直说。"

他笑得很坏，她有种不好的预感。

医生俯身凑过来，在她耳边低声说："根据行为心理学，这说明你对我有欲望。"他温热的气息喷洒在她纤细的脖颈上，一阵又酥又痒的感觉让她不由缩了缩脖子。

她恼羞成怒地看着他:"没错,我现在有谋杀你的欲望。"

他声音极低地笑了,轻捏起她的下巴:"探长,你还真喜欢说谎。"

她刚想骂他,唇上一软被他吻住了。

他的眼里蓄满了灯光,波光潋滟,她差点溺死在里面。

好一会儿,他才慢慢放开她。他的唇上蒙了一层水光,她不自觉地想到"秀色可餐"这个词。

"探长,你刚刚做了三遍吞咽动作,知道在行为心理学中这是什么意思吗?"他看着她脸红的样子揶揄道。

警探脸直发烫,她有气无力道:"闭嘴。"

医生极有礼貌地说:"说明你对我产生了某种幻想……"

警探拍案而起,她竭力控制自己不去撕了对面衣冠禽兽的嘴。

"你刚才吻我到底是什么意思?"她压着怒气低声问。

医生偏头看她,意味深长地笑:"这么愚蠢的问题也需要问吗?用你的演绎法推理吧,天才侦探。"

03

警探快被气死了,她遇到了有史以来最难的谜题。任何棘手的谋杀案都没有眼前的谜团难解。

她擅长破案,但不擅长推理人心,尤其是她喜欢的人。

"探长，这串密码是什么？杀人犯留下的暗号吗？"她的助手好奇地看她在白板上写写画画。

"不是，是心理医生的开机密码。"

助手艰难地开口了："你黑了他的电脑？"

"还有他的手机，所有电子通信设备。"警探神色坦然，好像在调查嫌疑人一样。

"探长，你不需要用对待犯罪嫌疑人的方式调查喜欢的人。"助手好心劝道。

"他明显对你……"助手还没说完就被她打断了。

"他明显是在挑衅！这是对我智商的侮辱。"警探冷笑。

"不是智商，是情商欠费。"助手嘀嘀咕咕。

"你说什么？"警探鹰一样的眼睛扫了过来。

助手闭紧了嘴。

"老板继续，我可以帮你给他装针孔摄像头，24小时监控。"他狗腿地讨好道。

"不需要了，因为我已解开这个问题了。"警探得意道。

"怎么解的？"助手好奇道。

"非常简单。你看他的密码，是ZSJU，同时他最新的备忘录里也有ZSJU。这个密码有可能是日期也有可能是某个重要人的名字缩写。"

助手点头："医生在英国长大，他们写日期的习惯是日在前月在后，如果是日期的缩写应该是七月六号。"

　　"没错，也就是今天。不过我查过了这个日期没有任何意义。所以我调出了他的通讯录，对比了所有联系人名字的缩写，也没有重合的。"

　　助手好奇："那么，这到底是什么意思？"

　　"我查了他最新的消费记录，发现他最近连续三天都在同一家花店订百合花。这家花店的名称缩写和密码是吻合的。"

　　助手蹙眉："不可能吧，花店的名字有什么重要的？"

　　警探冷笑："如果花店的老板是你喜欢的人就重要了，这个花店的老板是他从前的女病人。"

　　助手摇头："这并不能说明医生喜欢她啊？"

　　警探继续她的推理："问题在于医生对花粉严重过敏，如果不是想自杀的话，他还有什么理由购买大量的百合花？"

　　助手顺着她的思路往下："你的意思是，医生想取悦她，买花是为了制造接近的机会。"

　　警探用笔在白板上画圈，这是她推理结束的习惯性动作："没错，他的密码和备忘录都是代表这个女人的缩写。明明过敏却买大量的花，这已经再明确不过了。"

　　她很得意："答案就是他根本不喜欢我，他喜欢的是花店的老板。

你看，根本就没有我解不开的问题。"

助手同情地看着她："探长，你眼睛红了。你别哭啊。"

警探吸了吸鼻子："谁说我哭了？我一点都不在乎，反正我也不喜欢比我笨的人。"

助手抽了纸巾给她："探长，你还是把眼泪擦一擦吧。"

她的眼泪没有掉下来，但是接纸巾的手却不住地颤抖。

为什么会这么难过呢，她明明赢了。

助手拿过资料，想看看医生喜欢的到底是什么样的人。

"探长，我有个好消息也许能让你高兴一点。"他突然叫道。

"什么？"她红着眼睛。

"这个人是今天早上才进来的，涉嫌做假账。"

警探的下巴骄傲地昂了起来："我早就警告过他不要随便约会嘛。"

她神清气爽地拿着资料去嘲讽医生。

"医生，看看你约会的对象，不是有夫之妇就是经济犯。"她敲着桌子，痛心疾首。

"你的眼光也太差啦，总是和涉嫌犯罪的人约会。为了社会稳定，作为警探，我建议你不要再约会了。"

医生半靠在椅子上，修长的手指有一下没一下地敲着桌子。

"多谢探长的好意，可是我根本没有喜欢过你说的这些人。"

警探循循善诱："那你的密码是什么意思啊？我都知道了，是花店的缩写。"

医生嗤笑："你知道什么呀？那是个日期，七月六号！"

警探有些懵："这个日期我查过了，没有意义啊。"

医生起身按铃，助理小姐捧着一捧百合花走了进来。

"探长，这是医生送给你的，外面还有三捧。"她微笑着把花塞给警探。

警探彻底懵了："这到底是什么意思？"

医生按了按突突直跳的额角，咬牙切齿："今天是你的生日，蠢货！"

"怎么会有自己生日都不记得的人？"他嘲笑道。

"这种对办案完全没用的无效信息我为什么要记？"警探不服气。

"还有我不喜欢百合花。"

他盯着她看了一会，候而笑了："不，你喜欢。我注意过你每次看到百合花嘴角都会上扬，这种微表情大概持续四分之一秒，是装不了的。"

警探终于认输了："你是不是又要说行为心理学不是伪科学？"

医生点头："探长，如果你对心理学稍微有一点点了解，就能从我对你的眼神和语气中判断我有多喜欢你了。"

"

她的心脏要跳出来了："医生，你是在表白吗？"

他低笑："不，我是在阐述你为什么比我蠢。"

警探出乎意料地没有生气，她此刻觉得每个细胞都处于兴奋状态，又紧张又不安。

"医生，我觉得你说得对，我恐怕是有自主神经功能紊乱。"

医生的眼里荡开笑意，他揽住她吻了下去。

"没错，探长。能医你的人只有我。"

END

最 萌 智 商 差

×

和 傻 瓜 谈 恋 爱
是 要 上 缴 智 商 税 的

"

Text / 喵咪戴戒指

喵咪戴戒指：暖萌脑洞段子型
选手，少女人设号称永垂不朽。
公号「小火炖牛腩」，微博 @
小火炖牛腩，作品《奇怪的江湖》
系列。

01

"姓名？"

"……陈尔南。"

"年龄？"

"……22。"

"职业？"

"……"

"职业？"低头写笔录的警察没有抬头，又重复了一遍。低沉的嗓音冷静专业，声线没有起伏，听不出任何情绪。

陈尔南快快地回："你不是都知道。"

警察终于抬头，露出一张棱角分明的脸。探究的眼神在陈尔南脸上停留了片刻，旋即皱了皱眉头："陈尔南，我很好奇，你究竟是怎么做到这么蠢的？"

陈尔南拧眉嘟囔："不知道。"又弱弱地补充了一句，"可能是家教不严。"说完，委委屈屈地盯着他，整张脸上似乎写着"弱小、可怜、无助"几个字，看上去一副泫然欲泣的样子。

警察咬牙，转头对旁边人说："耗子，帮我做个笔录。"

"哎，来了。"耗子猴儿一样蹿过来，接过刚写了个开头的笔录纸，"咋啦，路哥？"

顾东路摘了警帽，走到办公桌的另一面，然后在陈尔南的身边坐下。

"陪我家属报个案。"

02

南湖派出所第一超神干探顾东路同志，其女朋友深夜遭遇低级电信诈骗并双手奉上两万块。

这是最近南湖派出所全体人员最津津乐道的事情。虽然不厚道，但还是莫名觉得好笑，就连所长都把顾东路叫进了办公室。

"小顾啊，你的业务能力是没话说的。但有一点，家属的教育工作不能落下啊。你要是平常没空的话，让她关注一下我们的官方微博嘛，上面防骗的科普做得蛮好的，我父母都看得明白，知道不能随便给人发短信验证码。"

顾东路脸上一阵红一阵白，连声说："知道了，回头我跟她说说。"

陈尔南也挺冤枉的，她其实没想去顾东路的派出所报案。本来打了110，电话里的人说，银行卡开户行在旧州区，要去旧州区报案。谁知道电话七转八转，又转到了案子发生地，也就是陈尔南家和顾东路家所在的南湖区。南湖派出所以效率著称，了解案情之后，当即派了辆车就把陈尔南给接去了派出所。

陈尔南坐上警车的时候内心是崩溃的，谁想去男朋友的工作单位表演愚蠢啊！

03

周末，陈尔南家。

顾东路抱着手臂靠在沙发上，长腿舒展着。制服的扣子解了一颗，脸上没什么表情。

陈尔南自觉地站在他面前，站得十分端正。

"你穿制服真好看，有一种英雄出少年的感觉。"

顾东路弯了下唇角："少转移话题。"

陈尔南默默地挪到顾东路的身边坐下，乘胜追击，柔情似水地喊他："小顾哥哥！"

顾东路眉毛一挑："好好说话。"

"噢，你们男人不是都喜欢傻白甜嘛，我这回是实力证明了自己符合主流审美标准，你就别生气了。"

顾东路拿眼斜她："你怕是只占了个傻字。"

"有了，"陈尔南突然一拍大腿，"我往你们所里送一些我的插画，让他们看看其实你女朋友是才华与美貌并存来着。你觉得怎么样？"

顾东路冷着脸："你觉得呢？"

陈尔南一哆嗦，扯了扯顾东路的衣角，小声说："小顾啊，其实你有没有想过，人在职场上是需要经受一些挫折的。"

顾东路白了她一眼，正打算说什么，所里来电话了，陈尔南十分欢快地起身送人。到门口时，顾东路拍了下她的脑袋："用你这里想一想，我到底在气什么。"

气什么？不就是气我给你丢人现眼了嘛，还是说我的认错态度不够良好？

陈尔南腹诽着，门一关，赶紧吐了口气，总算把这尊大神给送走了。

不一会儿，手机震了，支付宝提示她收到了一个新的红包。

打开一看，顾东路给她转了两万五。

留言：智商税。

国家规定，和傻瓜谈恋爱是要上缴智商税的。

04

顾东路搜肠刮肚回忆了一番，到底陈尔南是从什么时候开始犯蠢的？

想了想，好像从一开始，他认识她的时候，她就是一副智商欠费的样子。

高三那年，顾东路父母离婚，他随母亲搬到南湖区。早上上学和晚上放学，常常能遇到一个女孩背着夸张的大书包，塞着耳机，晃晃悠悠地走在他前面。

女孩特别热心肠，酷爱扶老奶奶过马路，即使有时候老人家其实并不想过马路。

女孩很爱唱歌，从《天仙配》唱到《K歌之王》再唱到外语歌，歌路广到令人费解，并且跑调跑得一塌糊涂。那首《天仙配》，顾东路跟在后面听了好几天才听出来。

女孩还很爱笑，常常一个人走着走着就笑出声来。

她笑的时候，顾东路也笑，好像所有的不愉快都被笑声隔绝在外。

终于有一天，女孩皱着眉头，转身打量顾东路："你这个人，为什么总是阴魂不散地跟着我？你……"

顾东路急忙解释："我不是坏人，只是……"

女孩特认真地板着小脸："……你是不是喜欢我？"

事情一旦被引导到这个方向，顾东路同时出口的"顺路"二字就显得特别站不住脚了。

女孩撇撇嘴："不用害羞，看你长得挺聪明的样子，我就答应你了。"

顾东路："……"

陈尔南当时高一，脑袋是真的缺根筋。顾东路当时年少，以为这种品质叫作天真烂漫。后来，等陈尔南上了大学，两个人稀里糊涂地在一起了，顾东路也就放不下了。

05

目前陈尔南大四在读，眼看就要毕业了，室友们都在写论文，只有她，同时接了好几个插画的单子，一回宿舍就在头上绑了根发奋图强的发带，叫嚣着在智商上蒙受的损失，要通过艺术弥补回来。

室友连连叹息，这孩子是疯了。

与此同时，顾东路的教育工作也在有条不紊地进行。

微信消息。

顾东路：一卡两码三要素，指的是什么？

陈尔南挠头：……求选择题。

顾东路：骗局普遍利用了人们的什么心理，贪心还是慌张？

陈尔南秒回：贪心。

顾东路：贪心和慌张。

陈尔南哀号：……不带这样的！

顾东路收起手机，坐上巡逻车。开车的耗子偏头问："路哥你乐什么呢？"

　　顾东路想到此刻陈尔南脸上恨恨的小表情，嘴角的弧度越发大了。

　　耗子幽幽地说："我好像闻到了恋爱的酸臭味儿。"

　　顾东路把窗打开："帮你散散味儿。"

　　热风顷刻蹿进车里，耗子认栽："老大，这臭味儿我愿意闻！"

　　这种"杀敌一千自损八百"的招儿，他顾东路都能用，耗子不禁开始万分同情那位女朋友。

　　06

　　经过夜以继日的勤奋劳动，陈尔南终于挣到了五千块。钱一到账，她就给顾东路转了过去。

　　留言：精神损失费。

　　过了几天，系统自动退回来了。

　　顾东路没点确认。

　　陈尔南电话打了过去："怎么不收？少是少了点，以后赚了钱再补。"

　　顾东路懒洋洋地回："我不要物质补偿。"

　　陈尔南问："那你要什么？"

　　顾东路的脸上泛起意味深长的不明笑容："以后再说。"围观群众耗子在一边号叫："有阴谋！绝对有阴谋！"

顾东路走了出去，远离了"耗子牌"噪音源，开始说正事儿："你的案子，钱款当下就被转移到境外了，追回的可能性微乎其微。但我分析了一下，你可以去银行争取赔偿，赔偿金额应该能达到50%~70%。"

陈尔南懵了："啊，银行为什么要赔我？不是我自己蠢……啊，呸……不是我自己不小心吗？"

顾东路轻哼一声："你倒是很有自知之明。"

顾东路指出，银行在这件事情上存在两点过失：一是账户内资金转移，没有安全验证；二是银行没有拦住犯罪分子给用户强开短信通知服务。而这两者都是引诱用户上当的前提操作。

陈尔南沮丧极了："啊，你怎么什么都知道，我怎么什么都不知道？"

顾东路低笑："有一个词，叫作智商压制。"

其实还有一点，银行 APP 登录的安全措施不够完善，才会轻易被撞库攻击。不过他估量了一下陈尔南的脑容量，最终只选择了两条容易理解的理由让她记着。而等到了银行，陈尔南同学果然不负众望地清空了大脑的全部缓存，一点记忆都没留下。

07

顾东路到银行的时候，陈尔南正和大堂经理僵持着，互相认为对方是个傻缺。

大堂经理的点在于，有个小菜鸟来银行找碴儿，但似乎忘了带理由来。

陈尔南的点在于，这个浓妆艳抹的大堂经理喷的什么鬼香水，味道也太浓了吧，都离了三尺远了，还不停地打喷嚏，这要怎么聊？

再加上这位大堂经理一副高高在上、咄咄逼人的样子，她陈尔南不跟没礼貌的人讲话，哼！

顾东路很无语，上前出示了警官证，大堂经理立即笑靥如花。交涉的过程很顺利，顾东路拿出报警回执，提出了 70% 的赔偿，大堂经理表示需要跟行长请示，过几天会有结果。

临出门时，大堂经理娇羞地拉住了顾东路："帅哥，留一下手机号吧，有结果我立即通知你。"

顾东路笑笑说："好的，麻烦了。"

陈尔南冷眼瞧着，闷不吭声地先走了，远远地看见顾东路在那姑娘的手机上输号码，姑娘还撩了一下耳侧的头发。

顾东路追了上来，陈尔南也不理他，只闷头走路。于是顾东路也不说话，双手插着兜，优哉游哉地跟在后面。

过了一会儿，陈尔南停下来："大堂经理长得好看？"

顾东路歪头思考，像在回忆。

陈尔南的爪子立即就上来了，在顾东路肩上一顿捶打。

"你还想？你还想她！"

顾东路捉住陈尔南的爪子，放在唇边蹭了蹭："那人什么样子，我忘了。"

然后满意地看着某人的脸红得可以媲美天边的晚霞。

08

这段时间电信诈骗很是猖獗，很多学生中招，于是陈尔南的学校办了一个防诈骗知识讲座。

这种讲座，陈尔南向来没什么兴趣，仍然宅在宿舍疯狂画插画。

室友发消息来：陈尔南，有帅哥，快来。

陈尔南：任何事情都无法阻止我赚钱。

室友又说：吴彦祖那种级别的。

陈尔南：马上到。

等到陈尔南赶过去的时候，正好听到她家顾东路站在讲台边上说最后一句话。

"关于防骗的知识，我和我的同事们刚才已经介绍完了。接下来有个考试，检验大家是否听进去了。60 分及格，不及格的同学会有处罚。"

顾东路有任何一点长得像吴彦祖吗？

猝不及防，简直。

底下怨声载道，谁能想到听个讲座，看个帅哥，还要考试啊。

陈尔南的脸都要垮了，她前面什么都没听着，只能凭着平时顾东路对她的教育，连蒙带猜答完了题。

转头看看室友们，都是一脸奸诈的笑．"你家顾东路头发跟吴彦祖真挺像的！"

陈尔南有气无力地挥手："女人都是大猪蹄子。"

09

这天晚上发生了两件事。

一件事情是，陈尔南收到了大堂经理的短信。

"嗨，帅哥，我们行长同意了 70% 的赔付。只是还需要跟总行报备，走一下流程，这个流程会有点慢。偷偷告诉你，如果当事人总是来银行催的话，流程会快一些噢。"

陈尔南心里美滋滋：原来那家伙留的是我的电话。

她拿起手机回：谢谢，不用了。我女朋友不介意等，我听她的。

果然没有再回过来。

另一件事情是，防诈骗考试的成绩出来了，陈尔南得了59分。

这就很让人气愤了。

隔天顾东路休息，陈尔南一大早怒气冲冲地敲开了他家的门。

"顾东路！你怎么判卷子的啊，都是10分的题，哪儿来的59分？！"

顾东路翻出陈尔南的试卷丢给她："自己看。"

陈尔南看了一遍，没看出什么头绪，毕竟也不知道正确答案是什么。正打算放弃的时候，发现了一个很明显的问题。

"顾东路！你告诉我，报警电话，我答的110，这哪儿不对了？"

"那个啊？"顾东路眯着眼睛，慢条斯理地回，"别人这么答是对的，你这么答就不对。"

说完，他拿了支笔，在试卷上写了些什么，再递给她。

陈尔南一看，这厮在后面又加上了他自己的电话号码。

陈尔南瞪他："无聊！"

顾东路拉她入怀，下巴抵在她柔软的头发上。

"一点都不无聊。"他说，"小南，我是在恳请你，恳请你以后有任何事情，都要第一时间来找我。"

陈尔南的心里暮地塌了一块，像是巧克力酱融化了。

当初意识到自己被诈骗的时候，她第一反应是不要告诉顾东路，因为太丢人了。可原来他一直在气的就是这个。

陈尔南伸手抱住顾东路，抱得紧紧的。

闷闷的声音从顾东路的怀里传出来。

"好。"

"但是，"顾东路神情严肃，"处罚还是要有的。"

陈尔南仰着脸问："什么处罚？"

顾东路拿出一个盒子，含情脉脉地开口："你答不满60分，我就提前娶你过门。这是我从警以来的第一枚奖章，希望你可以代为保管。"

陈尔南接过奖章揣进兜里，十分不屑："这算什么处罚，我早就想嫁给你了呀！"

顾东路生平第一次想要暴走。

这跟预想的一点都不一样。

我是在求婚欸！

陈尔南同学，你能不能表演一下感动？！

10

后来有一次和耗子他们吃饭，大家说起顾东路求婚这件事。

陈尔南同学的反应是这样的。

啊？你求婚了？

什么时候？

是跟我求的吗？

我不知道啊？

据说，可怜的顾东路后来被整个南湖派出所嘲笑了很久很久很久
很久很久很久。

END

专属于你的
心情晴雨手账

专属于你的
心情晴雨手账

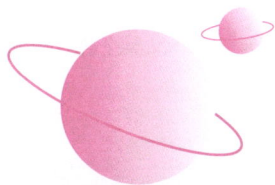

只想打败你

最萌爱好差

✕

Text / 小胖纸

小胖纸：爱吃爱睡，爱佛系写文，理想是成为霸道总裁，走向人生巅峰。微博 @ 一只小胖 VV。

01

如果有人问韩松盈，你要找什么样的男朋友？

韩松盈肯定会说，绝对不要皇马球迷。

"岳亚先就喜欢皇马吧。"最佳损友丁哥如果在的话，会翻一个大白眼。

韩松盈：……你就不能放过我？

某个普普通通的周五。

丁哥发来微信：松盈，高中同学聚会，下周六，约吗?

韩松盈：【沉迷工作，日渐消瘦 .JPG】

丁哥：岳亚先回国了，答应要来。

韩松盈：【工作什么的都去死吧 .JPG】

韩松盈：约，在哪里?

丁哥：没出息!

韩松盈：陪我买战袍。

韩松盈：嘤嘤嘤

丁哥：【对方朝你翻了个白眼 .JPG】

丁哥：麻烦的女人。

周六下午，丁哥陪韩松盈逛了两个小时。松盈添置了连衣裙 x1，口红 x2，鞋 x1。

"差不多点得了，冲动消费要不得。"丁哥看着松盈明显瘪下去的钱包。

韩松盈则冷眼看着拎了香水 x1，裙子 x2，T恤衬衫 xN 的丁哥。

丁哥自觉羞愧，手上的大包小包比松盈多出一倍。

两人逛够了，就等电梯去地下停车场。

等电梯的时间很无聊。

"你对岳亚先，看来是志在必得呀。"丁哥的语气极不正经。

"必需的，巴萨要战胜皇马!"韩松盈握拳下决心。

丁哥：这和你把初恋情人追到手有什么关系?

电梯到了，走出来一个男人，身材颀长，俊逸潇洒。

"松盈……还有丁远逸？没想到刚回国就能碰到啊。"

丁哥有着一个和性格很不搭的文艺名字。

人生何处不相逢，来人正是岳亚先。他顺手把韩松盈手上的袋子接过来，"你们去哪里？我送你们。"

丁哥就这么全程旁观被帮拎包的韩松盈、被帮开车门的韩松盈、被提醒系安全带的韩松盈、被送临别小甜点的韩松盈。

她叹了口气，觉得自己可以替韩松盈去知乎上答一波：拥有二十四孝男友是什么体验？

韩松盈："岳亚先，我们还没在一起。"

岳亚先："我知道，但是皇马不能输给巴萨。"

丁哥，谁来给我这个伪球迷讲讲皇马和巴萨在这段对话里的用法。

02

韩松盈第一次见到岳亚先是小学四年级。那天下着淅淅沥沥的小雨，小松盈撑着伞站在学校门口的奶茶店排队。奶茶店小姐姐终于做好了她的原味奶茶，她小口吸着，却被一个黑旋风一般的身影撞倒。那个身影没道歉就走了，留下小松盈跪坐在湿哒哒的地上，奶茶也全洒了。

我的奶茶啊啊啊啊啊啊！

小松盈瞪大眼睛记住了那个穿着和自己身上一样的校服的背影。一定要找到这个人，小松盈暗下决心。

她很快就知道了那个人是谁，没错——就是班上新上任的体育委员岳亚先，校队的首发前锋。

当时小松盈已经在自己父亲的影响下爱上了足球和巴萨，提前中

186

二的她给岳亚先写了一封信，写完事情经过后，她这么结尾道：

岳亚先同学，请赔我一杯大杯原味奶茶并向我道歉，不然你喜欢的球队会输给巴萨！讨债人：韩松盈

她把信郑重地塞到岳亚先的抽屉里，设想了无数种岳亚先向她道歉赔偿的情形。万万没想到，岳亚先看完后先是冲到她面前高喊了一句："皇马不会输，绝不屈服于巴萨！"

韩松盈：……

但这之后岳亚先还是去买了奶茶赔给她，并附加诚恳的道歉以及一句 flag："皇马不可能输给巴萨，走着瞧！"

小松盈喝着甜甜的奶茶，眼前浮现出岳亚先那双黑黑亮亮的眼睛。

眼睛真好看。小松盈想到。

03

周六商场偶遇后的周一。

清晨，韩松盈家小区门口，一辆黑色轿车车主用打滚求包养的眼神盯着正出门的韩松盈。

韩松盈一见到他立马掏出手机发微信。

韩松盈：丁远逸，你是不是把我卖了？

丁哥：【您的好友正在忙碌 .JPG】

韩松盈：巴萨不能输给皇马，你不懂吗？

丁哥：【人家不懂啦 .JPG】

韩松盈：【呕吐 .JPG】

韩松盈：就是只能我追他，不能他追我。只要是他追我我就不答应，因为……

丁哥：【黑人问号脸.JPG】

丁哥：why？

韩松盈：巴萨球迷绝不向皇马球迷妥协！

丁哥：这个是什么操作，既然互相喜欢就在一起啊啊啊啊！

韩松盈：……巴萨球迷绝不向皇马球迷妥协。

在一旁被晾了很久的岳亚先："松盈，我送你去上班。"

韩松盈神情高冷道："不了，我还没吃早餐。"

岳亚先和煦微笑："车上有豆浆和油条。"

韩松盈上了车，先满足口腹之欲再说吧。

小学之后，韩松盈和岳亚先不在一个初中，韩松盈对岳亚先的印象逐渐简化为了 "毁了我奶茶的大眼睛皇马球迷"。

韩松盈第二次和岳亚先有交集是高二分科后，两人成了前后桌。

韩松盈转头和岳亚先寒暄："同学你好，我是韩松盈。"

岳亚先礼貌答道："你好，我是岳亚先，我们之前是小学同学吧。"

韩松盈拍桌坐起："你就是那个皇马球迷。"

岳亚先亦拍桌："你就是那个巴萨球迷。"

两人异口同声："你上次考试多少名？"

韩松盈："年级第 88 名。"

岳亚先："年级第 90 名。"

韩松盈仰天长笑："果然，我就知道巴萨球迷不会输。"

岳亚先握拳："下次考赢你！皇马球迷绝不屈服。"

两人的同桌在一旁吃瓜：球迷的世界我不懂。

高二，两人铆足了劲学习，经常一起探讨学术问题，从不聊足球。

高三，两人还是，铆足了劲学习，经常一起探讨学术问题，从不聊足球。

读多了言情小说的班主任：这不就是那种传说中的青涩感情。把爱恋藏在心中，化为动力努力学习，只为了能与对方一起创造一个美好的未来。啊，年轻真是太好了，太美了！

丁哥：这操作我不懂啊，肯定早在一起了。

于是她找了个机会问韩松盈。

丁哥带着八卦的姨母式微笑："韩松盈，你和岳亚先是不是早就在一起了，居然没告诉我。"

韩松盈瞠目结舌："怎么可能？他是皇马球迷，我们注定水火不容。"

丁哥心中暗想，这死丫头嘴硬啊。

丁哥继续八卦的姨母式微笑："那你俩这一天天的，泡在一起讨论学习，不知道有伤风化？"

韩松露出盈豁然开朗的表情，丁哥以为终于有点爆料了。

"丁哥，你想多了。这是互相监督。俗话说得好，知己知彼，百战不殆。要保证球迷竞争的公平性，就要把监督工作抓牢靠了！"

丁哥：我不懂你们这些球迷的骚操作。

旁边经过的岳亚先听见这几句话，脸上一红。丁哥何等鹰眼，迅速捕捉到了。

她看着自己旁边懵懵懂懂的韩松盈，再看看脸上明显泛着诡异薄红的岳亚先，心里叹一句：岳亚先，你任重道远啊。

丁哥还是八卦道："松盈，你知不知道岳亚先是我们校队前锋，好多女生喜欢他。"

韩松盈白了她一眼说："现在都高三了，他也没机会上场。"

丁哥看了眼岳亚先，眼中充满了同情。

"我这周五下午课后有高三告别赛。"岳亚先像是跟松盈斗气似的说道。

韩松盈继续白眼："我周五下午课后有补习班。"

丁哥：我眼中对岳亚先的同情更深了。

周五下午，高三的告别赛招来了一大堆加油助威的女生，可巨大的呐喊声并不能使泄气的岳亚先提起半分精神——球场边没有那个和自己一起学习的身影。上半场踢下来，高三队对高二队 0 比 2 落后。

中场休息，岳亚先正坐在板凳上发呆时，一瓶运动饮料递了过来，他抬头一看，居然是韩松盈。

韩松盈是从补习班跑回来拿书的，气喘吁吁的她鬼使神差地晃到操场上，刚好看见岳亚先失了一个球。

韩松盈冷嘲热讽道："至于吗，就失了一个球，跟丢了你十万块钱似的？"

岳亚先愣住了："你不是去补习了吗？"

"我回来拿书，刚好看见你。"

岳亚先听了这句话，微微笑起来，眼睛亮亮的："哦，谢谢你啊。"

说着，喝了几口松盈递过来的饮料。

韩松盈看着岳亚先的脸，暗想这双眼睛居然一点都没变，还是很好看。

她低头看了看表："时间差不多了，我走了。"

岳亚先的神色立刻黯淡了，韩松盈心头被这个小变化挠了一下，痒痒的，感觉很奇怪。

"算了，我请假吧，现在过去也耽误大半节课了，划不来。我把你这场比赛看完吧，我好久没看球了，你好好踢。"

岳亚先眼睛里重新燃起斗志来："那必须的，我可是皇马的粉。"

"那我拿你跟 C 罗比一比，虽然我的心属于梅西。"

最后高三队对高二队 5：2 获胜，岳亚先一人拿下三分立下汗马功劳。比赛终了，他被所有足球校队成员高高抛起，一起开心大笑。

韩松盈：皇马球迷果然厉害！

岳亚先：终于在韩松盈面前耍了个帅！

岳亚先好不容易被放下，他快速朝松盈跑来，一把拉住她，黑亮的眼睛里写着"求表扬"三个字。

两人就这么大眼瞪小眼，韩松盈腾地脸红了："你，你拉我干啥？"

岳亚先也脸红，但不知道是害羞还是刚刚运动完的缘故："给我水，我渴。"

韩松盈把水递过去 ："给你。"

"快到晚自习时间了吧。"韩松盈习惯性地看了看表。

"完了，还有张卷子没写，待会儿要讲评吧。"岳亚先脸色一变。

韩松盈："哈哈哈哈哈哈，我已经写完了。"

岳亚先正色道："别得意！皇马……"

"……球迷要和巴萨球迷死磕到底！"两人异口同声，相视一笑。

远处走过班主任："这一定是青春的誓言！真是美好！"

又一个周六，高中同学聚会到了。

清早，正在纠结穿什么衣服的韩松盈接到了岳亚先的电话。

岳亚先仿佛在笑："我今天什么时候去接你？"

韩松盈回答："下午四点吧，早点去。"

挂了电话，韩松盈忽然反应过来：我的妈，我已经被接送5天了，我刚才就这么自然地答应他了，我就这么被套路了，还是心甘情愿的那种。

下午四点，韩松盈出了小区门，一辆黑色轿车和穿着条纹西装的车主已经在那里等着了。

韩松盈调侃道："穿这么好看，是要去见谁啊？"

岳亚先一愣，随即温声道："现在已经见到了。"

韩松盈：这个人段数太高了！但我不能输！

两人驱车到了聚餐的地点——艾丽萨大酒店。

高中同学感情好，大多数人都已经到达，在宴会厅里聊开了。

韩松盈和岳亚先并肩走入，便有人围过来寒暄，说的都是一件事。

韩松盈的同桌："哎哟，果然在一起了。"

岳亚先的同桌："按现在的说法，我们当年不知道吃了多少他们的狗粮。"

两个同桌对彼此露出"我懂的"的眼光。

旁边丁哥补了一句："我现在天天吃他俩的狗粮。"

两位同桌向丁哥投去同病相怜的目光。

韩松盈默默转身，丢下岳亚先，开始狂吃。

韩松盈正吃着一块慕斯蛋糕，宴会厅门口突然喧哗起来。原来是班主任来了，大家都一起过去打招呼。

韩松盈也跟着过去，这一过去她便听见了他们又在调侃她。

班主任笑嘻嘻的："哎呀，当年韩松盈和岳亚先感情多好呀，还那么努力，高考分数都考了一样的。"

"老师，他们刚才一起来的，应该在一起了。"接话的是韩松盈的同桌。

班主任惊讶道："那我也算是半个媒人了！"

韩松盈悄悄走开，不满地腹诽：同分有什么用？皇马球迷直接去英国留学了，巴萨球迷没法打败他，因为七年都没追上他。

站在旁边的丁哥捕捉到了韩松盈的小情绪，主动走过来："松盈……"

她正想说几句，却发现韩松盈瞬间变得很亢奋，眼睛里闪着火花，接着她走向了正准备跟班主任说话的岳亚先，拽住他的袖子，离开了说话的圈子。

正打算跟这对模范情侣打招呼的班主任：哎呀，小两口还有矛盾要解决呀。

宴会厅的露台上，金黄色的夕阳把两个人的脸都描摹得分外温柔。

韩松盈脑乱糟糟的，刚才一下子激动了，要怎么开口？

岳亚先看着她迷糊的样子，正欲开口，

韩松盈立刻制止他："你不要说话，让我说。"

岳亚先便微笑地等着松盈慢慢措辞。

韩松盈开口，声音有些沙哑："俗话说，机会是留给有准备的人。"

岳亚先："什么操作？"

韩松盈继续说："我，一个巴萨球迷，一直想打败你这个皇马球迷，为此我从小学四年级准备到现在。现在我认为我追到你了，因为我打败了你的心。以后我们在一起吧，男女朋友的那种。"

岳亚先嘴边浮起惊喜的笑意，眼角弯弯像是两道可爱的月牙："是的，你说得对，我败给你了。我喜欢上你了，从高二就开始了。"

韩松盈撇撇嘴："那你居然不告诉我。"

岳亚先白眼："你当时除了巴萨和学习还知道什么？"

韩松盈无语："还知道要打败你啊……话说以后看比赛的时候怎么办？"

岳亚先正色："比赛和平常就是两码事儿了，皇马不可能输给巴萨。"

韩松盈转身准备回大厅，她愤愤地说道："巴萨必胜皇马！"

岳亚先从后面轻轻搂住她，在她耳边轻轻说道："皇马必胜巴萨。但是我永远输给你。"

END

陪伴是
最长情的告白

最萌 胆 量 差

×

Text / 汤 圆

汤圆：双鱼姑娘一枚，
N流大学十八线懒癌晚
期写手，总是有着不切
实际的幻想，比如说一
夜暴富，一夜暴瘦，梦
想是做一个幸福的肥
宅。

01

大学报名的那一天，天气热得像见了鬼。校门口那棵梧桐树的叶
子被晒得发亮，浑身冒汗的我们就像一块块行走的炸猪排，而且是撒
点椒盐就可以吃的那种。

旁边有个胖子直接带了一条毛巾，每过一分钟都要擦一下脸上的
汗，就像是在蒸桑拿。

我和鹿微一人坐在一个行李箱上，吃着快化的甜筒，看着络绎
不绝的家长还有学生，手上还拿着刚才在门口别人硬塞给我们的小扇

子，上面印着治疗不孕不育的广告。

这是我梦寐以求的大学，比我们高中整整大了三倍。我眼睛上下打量着这所学校，就像一个初生的婴儿，好奇地打量着这个新世界，这里的一切对我来说都充满了无限的诱惑力。

高考大概花光了我所有的好运气吧，超常发挥的我像一匹瞎了的黑马，误打误撞地冲进了一本线。

用我妈的话来说，就像一只草鸡飞进了凤凰窝。我很鄙夷我妈的这种比喻，竟然把我形容成一只鸡，而且还是一只草鸡。

"夏秋，快看你两点钟方向。"微微用手肘兴奋地撞了撞我，比哥伦布发现了新大陆还要惊奇。

我没好气地抬起了头，顺着微微说的方向望了过去。原本因为天气太热而停止运行的大脑像被人滴了两滴风油精，让我瞬间觉得有股凉意冲上了脑门。

人乌泱泱的一片，但我一眼就看到了蒋衍，还是高中时那张冰块脸，不说话的时候就是一台静音空调，制冷效果一级棒。

心有灵犀一般，那台静音空调忽然把头转了过来，朝我露出了一个得意的微笑。很显然，他发现了我在看他，我立刻心虚地把头转向了别处。

不可否认的是，他笑起来真的很好看。每个人的喜好都不一样，而我天生对那种高高瘦瘦，穿着白 T 恤、牛仔裤，笑起来很好看的男生没有抵抗力，而蒋衍刚好长成了那个样子。

旁边的鹿微微一脸得意地看着我，欠扁的脸仿佛在说快夸我。我面无表情地瞪了她一眼，如果眼神可以杀人的话，她现在应该以片来计算了。

夏日的蝉鸣一下子把我拉回到高三的那段时光。那时候干过最愚蠢的一件事就是陪鹿微微去篮球场看她男神打球，也就是因为这样，我认识了那台静音空调——蒋衍。

鹿微微给我形容她男神时，脸上娇羞的表情差点让我把隔夜饭给吐了出来。我还是第一次听到有人形容别人像"多情的乾隆"的。

我讥笑地问鹿微微，那你是夏雨荷还是夏盈盈，你们会一起赏星星赏月亮，然后吟诗一首吗？差点没被鹿微微打成二级残废。

吃晚饭时的篮球场永远不会闲下来，不管任何季节，打篮球的男生一茬接着一茬，仿佛是上晚自习前最后的狂欢。

鹿微微拉着我一路小跑到了操场，挤到了人群最前面。"夏秋夏秋，快看快看，就是他。"微微兴奋地拍着我的肩，两眼放光，让我想到了鲁迅先生文章里的猹。

在我还没来得及欣赏鹿微微男神的绝世美颜时，一个篮球忽然朝我这边飞过来，以一条抛物线的轨迹从我的头顶飞了过去。我惊魂未定地站着，来不及做出反应。

"同学，没事儿吧？不好意思啊。"蒋衍小跑过来，捡起了地上差点砸到我的篮球。而我心里的怒火在看到这张脸之后瞬间消了一半，在我结结巴巴地告诉他没事并回过神来时，人已经走出好远。

果然，长得好看不仅能静气凝神，还能消气。

"你看到了吗，我男神，蒋衍旁边那个。"鹿微微完全不顾我刚才差点被篮球砸到头，使劲摇着我的肩膀，样子像极了机场里常遇见的脑残粉，"果然帅哥旁边还是帅哥，学霸旁边还是学霸。"

我真想对鹿微微咆哮，你看到你朋友刚刚差点被篮球给砸到了吗？

"帮我送个东西，一封信。"中午吃饭的时候，鹿微微神神秘秘地从衣服口袋里掏出一封信。

"你是要我帮你送给灭绝师太吗？"我咬着鸡腿，只见信封上贴得花里胡哨的，和幼儿园小朋友的手工品有得一拼。

"秦夏秋，我观察过了，蒋衍每天中午午休的时候都会去上厕所，你帮我交给他，让他转交给我的男神。"鹿微微仿佛看到了我心里的疑惑，又补充道，"你们上次不是说过话吗？在篮球场的时候。"

"……"

在鹿微微央求了我半天后，没见过世面的我为了几袋垃圾食品终于屈服了。

自己都想唾弃自己，秦夏秋，你真的太没出息了。

"人要是倒起霉来喝凉水都会塞牙缝"，这句话在我身上得到了充分的验证。我拿着信屁颠屁颠地去了厕所门口，等蒋衍出来后递了过去。在他刚接过信，我还没来得及松手的时候，他的班主任刚好从楼梯口拐了出来……在当时那种情况下，我的大脑一片空白。

蒋衍班主任的眼神看得我浑身一冷，信还没来得及毁尸灭迹，已经被这位人称"灭绝师太"的老师拿了起来，她用鼻子发出的声音质问我："你写的？"

当时是午餐时间，很多没有睡觉的同学像看好戏一样纷纷朝我们这里看了过来。我哆哆嗦嗦的，感觉自己的舌头都捋不直了，而蒋衍眼睛里闪过两秒的惊慌后又恢复了平静，平静得就像自己不是当事人。

往事真是不堪回首，现在想想都好头疼。

03

蒋衍不知道什么时候走到了我面前，拿着一张收据单，还握着一把和我们手里一样的小扇子，看着有点滑稽。

"胖了，黑了。"在确定他是在对我讲话以后，我气得一时语塞，不知道该说什么反击他。

"关你屁事。"最后口不择言的我只从嘴巴里冒出了这四个干巴巴的字。

我拉着鹿微微说："让开，我们要去报名了。"等了将近一个小时，报名处的人终于不那么挤了。我气急败坏，一点也友好不起来。

他倒是显得毫不在意："行，晚点儿聊。"说着就拖着行李回宿舍了。

聊什么？我同意了吗？每次都无视我的人权，太不尊重我了。

鹿微微用陈述句而不是疑问句的语气告诉我，蒋衍想追我，我当然知道，我又不傻。

"今天晚饭不用等我了，我要和我男朋友打电话。"说话的时候鹿微微在上铺铺床单，正用屁股对着我。

鹿微微在高考结束之后，以迅雷不及掩耳之势成功地追到了她的男神，也不知道用了什么手段逼得她男神就范。

还没有到饭点，蒋衍电话就打了过来。让我去西食堂找他，凭什么？我偏要去东食堂。

每次遇见蒋衍都让我看上去像是一个更年期的大妈，一件很小的事就能引爆我，有时候我真觉得自己应该喝点儿什么口服液去降降火。

蒋衍也没多说什么，只说了一个"好"字就挂了电话。

04

结果出了宿舍楼，没有了鹿微微，我连东食堂的大门朝哪儿开都不知道。问了一路才找到了东食堂，鬼知道这个东食堂竟然开在学校最西边。最重要的是，我一进食堂就发现蒋衍早就到了。

桌上放着一碗粥、一个鸡蛋饼，还有一个豆沙包，都是我爱吃的，而他坐在我的对面，剥着鸡蛋。

蒋衍刚刚洗完澡，头发还湿漉漉的，身上散发着一股沐浴露的清香，和这食堂的味道格格不入。

九月的天气闷得让人对什么都提不起欲望，包括食欲。食堂里的人很少，大部分都是情侣，吃得意兴阑珊，食不知味，个个都是有情饮水饱。

鸡蛋并不好剥，很多蛋白粘在蛋壳上，蒋衍剥完以后，鸡蛋表面已经变得坑坑洼洼，就像月球表面一样。

蒋衍把鸡蛋掰开，把鸡蛋黄倒进了嘴里，蛋白被丢进了我的碗里，碗里的粥很快就浸没了鸡蛋白。他的动作一气呵成，看得我有些失神，除了我爸妈，很少有人对我这么有耐心这么好。

"蒋衍，我不会喜欢你的。"几乎是下意识地说出了这句话，连我自己都吓了一跳。

"秦夏秋，你会的。"蒋衍停下来看着我的眼睛一字一顿地说，就像在说太阳明早会从东边升起一样笃定。

我哑口无言，撇了撇嘴，低下头专心喝我的粥。其实更多的是心虚，没由来的心虚。

晚上的时候，我躺在床上辗转反侧，床帘把所有的光亮都给阻挡在了室外，周围被黑暗吞噬，就像是一个巨大的黑洞，把我吸了进去。

周围安静得只剩下空调工作的声音，还有微微用气声给男朋友打电话的声音。

现在我脑子里全部都是蒋衍，从高中到现在，不管做什么，他总是不按常理出牌。就像之前他明明说要去 A 大，要去省外上大学，今天却莫名其妙地出现在了这里，出现在了我的眼前。

05

灭绝师太打开信封，看着信纸上的内容，脸渐渐地由红变绿，然后我便被拎进了办公室。到今天我也不知道鹿微微到底写了什么大逆不道的话，能让灭绝师太的脸绿成那样。

托蒋衍的福，我第一次听见灭绝师太前所未有的温柔语气，劝说着蒋衍不要被一时的感情冲昏了头脑，马上就要高考了，要以大局为重。冗长的说教听得我昏昏欲睡，我第一次感受到了灭绝师太的好脾气。

蒋衍作为奥赛班的尖子生，在这么敏感的时期，简直就被灭绝师太当成了温室里的花朵精心浇灌着，生怕出一点岔子。

在灭绝师太眼里，我就是一株连除草剂都杀不死的破坏庄稼的野草，她哄完了蒋衍后马上便开始了对我的扫射，对我劈头盖脸就是一顿批评，好像我做了什么十恶不赦的坏事。

灭绝师太中气十足的声音犹如平地一声惊雷，惊得办公室里其他来交作业的学生纷纷好奇地扭过头来看我们。

老师常教导我们人人平等，却总在无形之中把我们每个人分成了三六九等，真是可悲。

我自认脸皮厚，但这次不知道什么东西戳中了我的泪腺，莫名觉得很委屈，很不争气地就哭了，眼泪拼命地往外流，止都止不住。

蒋衍后来给我形容，说我那天哭得太难看了，整张脸就像是个烂柿子。

站在一旁的蒋衍瞥了我一眼，或许出于人道主义想救我一把，雪中送个炭："老师，其实不关她的事。"

然而令人没想到的是，他的举动却像火上浇油般让灭绝师太更恨铁不成钢了。她痛心疾首地看着蒋衍，就像一个老母亲看着自己不争气的儿子，而后又迁怒到了我身上，训了我差不多半个小时。

最后，这件事以我如同签订了丧权辱国的条约一样，被迫给灭绝师太写了份保证书结束了。而且只有我一个人写了！我一个人！

灭绝师太肯定觉得是我带坏了蒋衍。

后来我把这句话告诉了蒋衍，这个家伙竟然发出了猪叫一样的笑声，上下看了我两眼，说："你太高估自己的姿色了。"

走出办公室后，蒋衍忽然拦住了我的去路，挡在我的前面。一看到蒋衍我就想起了灭绝师太透过厚重的眼镜片看我的眼神，手臂上顿时起了鸡皮疙瘩。

也许是因为自己极度敏感的自尊心受到了莫大的伤害，也许觉得丢脸，第一次感受到这么赤裸裸差别对待的我把所有的气都撒到了他的身上。

其实我该怪的不是他，他比我还要无辜，我该怪的人应该是微微。

但此时的蒋衍成了我的出气筒，就像灭绝师太知道我俩都有错，却把责任推到我一个人身上一样。

我擦了一下眼泪，鼻子和眼睛哭得红红的，看起来肯定丑爆了。我直接无视正前方的蒋衍，走到他身旁的时候，他突然说了句对不起，轻得我以为自己出现了幻听。

因为这件事我差点和鹿微微绝交。

那时的我觉得蒋衍就是一个瘟神，恨不得离他远远的，最好再也见不到的那种。

以至于在走廊和他照面的时候，他嘴角朝我抽了抽，我只是面无表情地看了他一眼。后来才知道，他原来是在对我笑。

那天下完晚自习后，他通过收买鹿微微，在校门口堵到了一直躲着他的我，面无表情地质问我为什么躲着他。我直接把手里的英语报纸糊在了他的脸上，然后吓得落荒而逃。以至于后来一个星期，蒋衍的脸都是臭的，浑身透露着一股生人勿近的气息。

06

大概几点睡着的我也不知道，只知道早上 5 点醒过来的时候脑袋昏昏沉沉的，还被鹿微微讽刺说我是她见过黑眼圈最大的熊猫。这个毒舌妇！

报名的第二天我们就正式开始了军训，我们要从新校区走到老校区参加开学典礼。

我和鹿微微起晚了，急得连早饭也没吃，差一点没赶上大部队集合。

走到老校区的时候，我几乎是被微微给拖着走的，整个胃进入一种癫狂的状态，一阵阵泛酸水，真是懊悔走的时候没有带一个面包，以致于现在遭这种罪。

参加完两个小时的开学典礼，在各位领导、学生代表轮流发完言以后，我们已经在太阳底下暴晒了许久。

领导像打了鸡血一样，在上面讲得唾沫横飞，一大点里面恨不得分几小点，最后说结束的时候，甚至还有点意犹未尽的感觉。

我们简直是如蒙大赦，像逃难似的化作鸟兽四散，担心动作慢了会不会使得他兴致一起再继续讲下去。

回来的路上我已经坚持不住了，干呕不止。辅导员问我要不要坐车，但坐车了就不算学分。在学分和狗命之间，我毫不犹豫地选择了学分。

队伍走得散散漫漫，来之前还分得清哪是头哪是尾，回去的时候都混在了一起，我和微微慢得像两只乌龟，很快就掉到了最末端。

"怎么了，不舒服？"蒋衍本来在队伍最前面，不知道怎么游到了最后。我现在已经没有力气回答他任何问题了。

"嗯，没吃早饭胃疼，不肯坐车，然后就这样了。"微微朝蒋衍耸了耸肩，"你的女朋友，你想想办法。"

"……"快告诉我，到底有什么东西可以堵住鹿微微的嘴。

"闭上你的狗……"话还没说完，蒋衍直接抓住了我的手，把我背了起来，我也懒得挣扎了。这是我们脸靠得最近的一次，是一转头就可以亲到的那种。

蒋衍的耳朵不自觉地红了。我干咳了两声，气氛有些尴尬。"我现在难看吗？"我本以为他会否认，告诉我"在我眼里你最美，你怎样都美之类的",结果他并没有。

"我知道,所以我现在不去看你。"果然每天不恶心我一下,他就不叫蒋衍了。

胃还一阵一阵钻心地疼,手臂上都起了鸡皮疙瘩,我疼得没有力气去打人了,只能安安静静地趴在蒋衍的肩头。

蒋衍现在身上一点都不好闻,沐浴露的味道早就被汗味给代替了,但却让我无比安心,看着蒋衍的侧脸,我沉沉地睡了过去。

等我再次醒过来的时候,已经到了学校。蒋衍的肩上莫名多出了一摊口水,我伸手擦了擦,企图毁灭证据。

"别擦了,那是口水。"蒋衍可能怕自己没解释明白,又补了两个字,"你的。"我尖叫地向蒋衍狡辩那只是我的汗!汗!

07

晚上,鹿微微又去煲电话粥了,躺在床上的我刚拿起手机就看到了那串熟悉的号码。在我第三次摁掉后,蒋衍又锲而不舍地打来了第四通。

"你还活着吗?"刚接通就传来了蒋衍的声音,语气硬得就像茅坑里的石头,不知道的还以为我欠了他 200 万。

"你凶什么,你不知道我不舒服吗?"吼完以后,冷静了下来,觉得有点后悔,不管怎么说,今天是蒋衍把我从老校区给背了回来。

见对方一直不说话,我正考虑要不要说点什么缓和一下气氛,突然听到了对面传来的对话声。

"蒋衍,那说好了,明天中午一起吃饭。"一道甜美的女声衬得我像个泼妇，让我一愣。

"行啊，到时候我请你。"蒋衍略带玩笑的语气让我的心情十分难受，更刺耳的是对面女生的笑声。

极度愤怒的我脑子里一片空白，气急败坏地挂了电话，而蒋衍竟然没有再打过来。

第二天早上，我还在床上躺着的时候，蒋衍又打了个电话过来，凶巴巴地告诉我他给我买了早饭，让我赶紧下来拿。

我看了一眼手机，才6点，室友早就已经洗漱完毕去操场集合了，而我因为身体不舒服被批假了一天。

我极不情愿地从床上爬了起来，披了件外套就出了门。心里略担忧自己态度不好，等会儿出去的时候，蒋衍会随便掏出两个窝窝头应付我。

等我走到宿舍大楼门口的时候，蒋衍正背对着我，身上穿着学校统一发的军训服。这种衣服都是批发生产的，用的布料也极差，穿在人身上永远大一个型号。可蒋衍简直就是天生的衣服架子，穿着毫无违和感。"人靠衣装马靠鞍"这句话在他身上一点也不适用，因为任何衣服穿在他身上都那么好看，就连难看的高中校服穿在他身上都和穿在别人身上不一样。

你不得不承认，有些人站在人群中，就算什么都不做都会发光。

很多人觉得蒋衍会喜欢我是因为眼光不好，所以他们宁愿诋毁我们，也不相信蒋衍是真的喜欢我。

蒋衍把手上的早餐递给了我，可我就满脑子都是电话那头女生"咯咯咯"的笑声，于是赌气说道："等会儿我就把前天的晚饭钱还有今天的早饭钱转给你。"

他看了我一眼："秦夏秋，你是认真的？"我点了点头，笑看着他，像是一种报复。

蒋衍看了看我，最终一句话也没有说，扭头就走了。看着他的背影，我心里的快感却被一阵莫名的失落感取代。

中午去食堂吃饭的时候，我好死不死地看到了蒋衍和一个女生面对面坐在一起吃饭，也许是昨天电话里的那个女生吧。

食堂里很嘈杂，可不管什么时候，我总能一眼就看见蒋衍。不知道他说了什么，那个女生笑得花枝乱颤。我心里难受，实在不懂学校那么多个食堂，为什么这样的场景偏偏让我看到。

女生很漂亮，和蒋衍看上去真的很登对。我想，他们两个如果在一起了，应该没有人说蒋衍没眼光了吧。

鹿微微看了看我，叹了口气："告诉过你了吧，再不下手，你这只猪连白菜都没得拱了。"微微说得很轻，我却听得字字诛心，就像是一把把剑插在了我的心上。

自惭形秽应该是我现在心境最好的解读，我终于知道自己为什么会拒绝蒋衍的好意，因为受不起，因为觉得配不上他，所以我宁可不相信他会喜欢我，就怕别人看我的眼光像在说我没有自知之明。

我只有变得像刺猬一样，把自己保护起来，才会有足够的安全感。就像现在这样。

我死鸭子嘴硬般地从嘴里挤出了一句话："关我屁事。"然后假装潇洒地拎着盒饭从食堂里走了出去。

但是另一边的蒋衍其实已经看到我了，他的眼睛里有我读不懂的东西，分不清是失望还是愤怒。

08

二十多天的军训终于结束了，所有人都整整黑了一圈，我和微微两个人互相嘲讽对方像是刚从煤堆里挖出来的一样。

蒋衍自从那次送完早饭被我气走以后就再也没有找过我，我们之间也像断了联系，偌大的校园里一次也没有再遇到过，微微骂我活该。

生活有时候就像是一个圆，我们总是重复地做着相似的事、遇到相似的人，但有些人我们注定会错过，最多只是短暂地相交，马上又分离，就像我和蒋衍，就像鹿微微和她男朋友。

军训刚结束，鹿微微和她男朋友的恋情就走到了终点。一切其实都是有迹可循的，一个每天都和你说晚安的人某天忽然忘了和你说晚安，每天和你煲电话粥的那个人渐渐变成两天一次，甚至三天一次，通话时间也越来越短，最后变成无话可说，那结果是什么显然很清楚。

刚刚开始的爱情最终没有抵挡住异地恋带来的疏离感。

鹿微微告诉我的时候一脸坦然，却用一种无比失落的语气和我说："其实我早就知道会有这么一天，却没想到竟然这么快。"

我忽然有点惆怅，我们曾以为无坚不摧的爱情，原来竟这么脆弱，当初万分努力要在一起的两个人竟会以如此平淡的方式结束恋情。生活其实没有那么多所谓的仪式感。

那天晚上，我和微微两个人一起唾弃她的男朋友，不知怎么的就聊到了蒋衍。

鹿微微的声音有些哽咽，她对我说："你知道蒋衍对你有多好吗？高中的时候，一个从来都不做笔记的人熬了三个晚上给你做了那本物理笔记，他总是和朋友提起你，他所有的朋友都知道你是秦夏秋。

"军训的第一天，他背着你走了那么远的路，别人说帮他背一段，他都拒绝了，只因为他说你是他女朋友，所以他要自己来。夏秋啊，我好羡慕你啊，羡慕蒋衍那么喜欢你，羡慕你们每天都可以见面。"

说完微微把她的头埋进了膝盖，发出了抽泣的声音，像小兽呜咽般，我忽然不知道该怎么安慰她，只能轻轻地拍了拍她的背。

九月底的夜晚已经渐渐降温，我和微微两个人坐在操场看台的台阶上，可以看见整个操场的景观。

在这霭霭的夜色中，微风缓慢地吹过来，让我头脑格外清醒。我怎么会不知道蒋衍为我所做的一切呢，高三毕业的时候，我把所有的书都给卖了，唯独留下了他给我的那本物理笔记。

高中的时候在食堂里遇到蒋衍的同学，都会听到一句"嗨，秦夏秋"。军训那天，蒋衍背我回来的路上，他扭头亲了我，然后用只有我们两个可以听到的声音说道："秦夏秋，做我女朋友吧。"

所有这些细节堆砌起来，我怎么可能不知道自己在他心里与众不同，我怎么会不知道，我都知道的。

09

把微微送回寝室后，我又折回了操场，顺路去教育超市买了两罐啤酒。坐在台阶上，看着操场上的一对对情侣打情骂俏。

喝了一口酒以后，我发现还真难喝，完全想不通古代那么多文人骚客为什么会喜欢借酒消愁。什么"今朝有酒今朝醉"，简直是骗人的。

不知道为什么，或许是因为微微的话，我现在好想蒋衍。他现在距离我不过是两栋宿舍楼的距离，可我却没有勇气跨过这一步，我俩之间像是隔了两亿光年。

再次见到蒋衍，已经上了一个星期的课。

那天，我和微微中午在食堂吃饭的时候，蒋衍以迅雷不及掩耳之势坐到了我的旁边，吓得我嘴里的粥差点喷了出来。

"不介意拼座吧。"说完另一个女生坐在了鹿微微旁边，是上次和蒋衍一起吃饭的女生。

"你们好，我是蒋衍的高中兼大学同学，苏沫。"女生说完，朝我和鹿微微礼貌一笑。我和鹿微微对视一眼，恍然大悟，怪不得蒋衍会来这边读大学，原来……

心里莫名失落，在我像林黛玉一样黯然伤神的时候，气氛变得十分微妙。

我和蒋衍的关系有些尴尬，自从上次冷战以后，我们便再也没有说过话，也没有见过面。

坐在鹿微微旁边的苏沫已经吃好离开了，反倒是蒋衍，一个水煮鸡蛋硬是被他吃出了满汉全席的速度。

我完全没想到，在自己没注意的时候，鹿微微早已和蒋衍沆瀣一气了。在蒋衍朝鹿微微暗地里使了个眼色以后，鹿微微端着饭盒脚底像抹了油，飞快地溜走了。

又只剩下我和蒋衍了！我心底暗暗咒骂鹿微微这根墙头草。

"为什么不找我？"蒋衍忽然停住剥鸡蛋的动作，抬起了头，看着我的眼睛，绝口不提上次的事。

蒋衍每次说话都喜欢看着我的眼睛，一副坦坦荡荡的样子，每当这种时候我都有种没由来的心虚，仿佛自己做了什么对不起他的事。

我竟然词穷了，不知道该怎么回答他这个问题，虽然这次错在我，可是一想到那个苏沫，我心里的无名火不知怎么"噌"地一下就冒起来了。

"我很忙的，哪有工夫找你。"说的话连我都想抽自己一耳光。看到蒋衍脸上绷不住的笑，我想咬舌自尽。

"秦夏秋，你是不是吃醋了？"蒋衍似笑非笑地看着我。

"放屁！"我现在看上去就像是一只逮谁咬谁的狗，蒋衍把他吃剩的蛋白塞到了我的嘴里，堵住了我想说话的嘴。

"今晚有空吗？我们去西操场聊一聊吧。"

"没空！不去！"蒋衍就像没听见一样，自顾自地说完就走了，走的时候还顺手拿走了我花2块5毛钱买的喝了一半的奶茶。

10

等我到西操场的时候，蒋衍已经跑完步在看台上休息了，身上不知道穿着哪个球队的球衣。

"不是说不来的吗？"

我忽然觉得蒋衍被我气的那几天简直是活该，我在心里偷偷又吐槽了他了一遍。

在我像个傻子被风吹了大概 10 分钟之后，蒋大少突然开了金口："秦夏秋，我喜欢你。"突如其来的表白犹如平地一声雷，让我的大脑飞速旋转起来。

"你疯了吧？！"我发现在多么不正常的情况下，自己都能想出词来怼蒋衍，"以为你是古人啊，现在是自由恋爱时代，男女平等，我的男朋友，只能喜欢我。"在我"噼里啪啦"讲完以后，才发现蒋衍像看智障一样看着我。

半分钟以后，他才忽然反应过来我在说什么："秦夏秋，你是不是傻，吃醋了就直说，今天我问你还死不承认。"可能怕我脑容量有限，又补了一句，"我和苏沫只是同学。"

我们两个现在就像是两只炸毛的猫，竖着高高的尾巴，随时准备攻击对方。

"那你还和她吃饭，笑得那么开心。"一想到那天，我心里又忍不住想吐槽。

"主要是看看你还在不在乎我，看来还挺成功的。"说完蒋衍露出了一脸得逞的笑。在我正好奇他怎么知道我会去哪个食堂时，蒋衍仿佛看穿了我一般："鹿微微告诉我的。"

这个墙头草，等着我回宿舍收拾她！

"秦夏秋，我该说的都说了，你就没有什么想对我说的，从高三到现在，一句都没有吗？"蒋衍看着我，没有往日的嘻嘻哈哈，用一种无比认真的语气问我道，"没有的话，那我走了。"

怕他又像上次一样转身就走，怕他又像上次不理我，我一把将他抱住。

蒋衍有些不知所措，手臂笔直地放在两侧像个小学生："干吗？不说话，又不让我走。"

我的脑袋靠在他的胸口，听到了他心跳加速的声音。"你知道吗，鹿微微和她男朋友分手了。"我叹了口气，有些惆怅。

"所以呢？这就是你想和我说的。"

"不是的。"我不知道该怎么跟他说，上次鹿微微的话确实刺激到我敏感的神经了，因为她道出了一个我知道却不想面对的事实——我很自私，从没有为蒋衍做过什么事，却总是辜负他对我的好意，惹他生气。

这是我第二次在他面前哭，蒋衍那张冰块脸上闪过了一丝惊慌。他像哄小孩子一样哄我，极有耐心，一遍遍地说不要哭了。

可是他越哄我，我就越想哭，直到蒋衍说了一句话我才止住了泪水："夏秋，你知道你现在哭起来有多难看吗？"

"我错了。"我松开了抱着蒋衍的手，低着头，感觉有股热气喷在了我的脑门上。

"错在我不该气你，不该辜负你的好意，谢谢你那么喜欢我，喜欢那么这么自私又拧巴的我。"这些都是我不曾对蒋衍说过的话。

蒋衍叹了口气，低头在我的额头上亲了一下，双手紧紧地抱住了我。

"那你现在肯承认我是你男朋友了？"在听到了我肯定的回答以后，蒋衍心情大好，就像奸计得逞了一般，"现在要不要我陪你，要的话就说'男朋友求求你'，不然我就回宿舍了。"

这个心机男！为什么这么幼稚？！

"蒋衍，你为什么喜欢我？"这个问题我没有问过，蒋衍也从来没有主动告诉过我。

"因为你勇敢又胆小，在办公室的时候，明明怕得要死，还是一个人把事情给揽了下来，那样的你，我真的忘不了。"蒋衍看着我的眼睛认真地说。

我低头看着地上我们两个的影子，紧紧地缠绕在一起，就像两朵摇曳而生的花，正在绚烂地绽放。

我和蒋衍像是两个相切的圆，本来是互不相干，人生也只有短暂的因缘际会，但蒋衍却以一种固执的姿态闯入了我的生活，让我渐渐习惯了处处有他的生活。

习惯真的是一件很可怕的东西，我们可以戒烟戒酒，但却戒不掉习惯，蒋衍对于我也许就是这样的存在。

我紧紧地抱住蒋衍，看着操场上来来往往的人，突然有一种岁月静好的感觉。

蒋衍，谢谢你。

END

专属于你的

心情晴雨手账

专属于你的
心情晴雨手账

> ## 最萌身高差
> ×
> ## 阿拉斯加和虎斑猫

Text / 貉稚

貉稚：一只小怪兽，信条是刀即写手的浪漫，目前压抑本性产糖中。

01

　　唐尹第一次见到林萌初的时候是在学院楼办公室尽头的楼梯上，对方穿着粉红色的洛丽塔小裙子，扎着双马尾，背着双肩包，因为走得太急一头撞在他身上，却反而被他差点弹下楼。

　　眼看这粉红色的一小团就要往下滚，青年手长脚长一把提住她的领子把她扯到自己身边放好了，然后语重心长地说："小妹妹，走路要小心一点。"

　　林萌初软软地说了一句谢谢和对不起以后眯着眼睛一直仰头盯着他看，一边不声不响地捏着自己被扯得皱巴巴的圆圆衣领子，脚踝有一点红，眼角也有一点红。

　　唐尹被她盯得一阵心虚，放轻了声音问："哪里摔伤了吗？要不要我送你上去？还是我带你去校医院？"

　　林萌初沉默了一会儿，捏了捏脚踝走了两步，最后原地报了一个门牌，说："你扶我一把就行，不严重，等会应该就能好。"

　　她的声音也软软的，是那种甜牛奶一样的小猫嗓。唐尹心想这到底是哪个老师的女儿，过于可爱了。

　　政治办公室一共四个老师，三个都是快要退休的爷爷级人物，还有一个教马哲的女老师，今年四十出头。于是他不小心说出了自己的心声："什么？马哲老师的女儿居然这么大了吗？"

未成年女孩儿在成年男士心中是没有性别的。他这样想着，也没听她说了什么，伸手一下把人抄起来捞背上了。

　　她真小，像家里养的那只虎斑猫一样。正想着，林萌初在他肩膀上挠了一下："你干吗啊？把我放下来啊！"女孩被他吓了一大跳，伸手疯狂捶他。

　　"没事，"他安慰地拍了拍她的手背，"马上就到了，省得你脚疼。"

　　林萌初力气没他大，挣扎了好一会儿没抓动他，只能委屈巴巴地待在他背上。

　　"你把我放下来呀。"她软软地说，"我自己能走。"

　　唐尹说："到了呀，你别动，小心摔下去。"

　　他走到306门口把林萌初轻轻放下了，她走了两步，果然如他所想走到了马哲老师的座位边上。

　　正巧这时候马哲老师走进办公室，先看见唐尹杵在门口，她眉毛一挑，然后看见林萌初站在她座位旁，于是用非常慈和的语气问林萌初："你来这么早呀。卷子在你头顶的柜子上面，记分册在你面前的抽屉第一格，登了分请你吃饭啊。"接着回头用正常的语调问唐尹："你们班作业不是拿去了吗？怎么了？"

　　唐尹还没说话，老师注意到了林萌初在踮着脚够柜子，于是顺嘴招呼道："你还等什么呀，帮人家女孩子拿卷子啊。"

林萌初一米四五，顶层柜子够不着。

唐尹把卷子拿下来压了一下她的头，嬉皮笑脸地说："老师，这个小妹妹是你女儿啊？超可爱的。"

"她不是……"马哲老师的话还没说完，林萌初伸手按住那叠卷子，把他的手拍开，盯着他阴森森地笑了。

"我是你直系学姐哦。刚刚批完你们这一级的卷子。"唐尹感觉她在磨牙，"你叫什么名字？再喊一句小妹妹，我给你打59分。"

"小姐姐！我错了！"他露出讨好的微笑，"您把我忘了吧！我没有名字！"

马哲老师唯恐天下不乱："他叫唐尹。"

"哇！老师，您卖我？"唐尹不可置信。

林萌初指了指他，又指了指门，笑了一下，露出两颗虎牙。

唐尹走到门外了，又像只大狗一样地探头进来，眼睛亮晶晶的："小姐姐，您超可爱的！爱您！"

02

这地方多雨季，老生都很懂，只有新生才会出门不带伞。林萌初从女生宿舍出门的时候外面正下着瓢泼大雨，她举着伞，看到前面宿舍楼下有个人蹲在屋檐底下，也不知道从哪里跑过来的，人已经湿了一半了，弱小无助又可怜。

对方看见她，呼啦一下站起来了。

收回前言，庞大无助又可怜。

"小姐姐！"他站起来以后又弯了弯身体，把视线跟她齐平了，"你还记得我吗？！"

"马哲 59 那个？忘记了，你没有名字。"林萌初眯着眼睛认了一会儿，故意说。

"是我！我错了！我叫唐尹。"他可怜巴巴地说，"雨太大了，能不能带我一程？我上课要迟到了。"

她抬头看他，逗他："带不动带不动。"

"带得动的！"青年的眼睛黑澄澄的，他歪头看她，眨巴了两下眼睛，林萌初几乎感觉大狗要舔她的手掌了，"小姐姐！"

她伸手把伞撑开了，然后举高，接着用两米的气场纤尊降贵地说："进来。"

她生得实在很小，人总是会对娇小的生物产生疼惜和宠爱——尤其是唐尹这种特别高的人。他畏畏缩缩地缩在她伞底下，一米九硬生生缩到一米四，还小声地问："小姐姐我给你撑伞吧？"

林萌初也没客气，把伞递给了他。他还是缩着，期间背酸疼得无数次想要站直了，但想到他们俩的身高差，他站直了雨一定会飘到林萌初身上，就硬生生忍住了，还把自己又压低了一点。

　　她那么小，这时候唐尹难得地为自己过于出众的身高感到一点微微的失落：如果他没有比她高那么多，那么他们现在可以并肩走着聊天，伞握在他手里，往她那头微微倾斜，能看见她在伞底下那张洋娃娃一样的面孔，能看见她脸上若有若无的微笑，而不是像现在这样，窘迫得像只落水的狗。

　　走了一段，林萌初突然说："没事，不用弯那么低，淋湿就淋湿好了，反正我是去食堂吃晚饭的，可以打包回来洗澡。"

　　他将伞往她那边大幅度地侧了侧，语气十分强烈地回答："不行！小姐姐已经借伞给我了，不能淋湿！"

　　她笑了一下，软软地说："傻子。"林萌初的语气是那么的轻，让人有甜甜的错觉。

　　她经过食堂没有停下，而是一直把他送到教学楼里，她半边袖子还是湿了，粘在她的手臂上，透出一截藕花一样的皮肤。

　　他这时候忽然想，要是她和他关系更亲近一点就好了，他能把她

223

抱起来而不至于因为过分亲密显得不知礼数，这样两个人都可以不淋雨，他也可以不用腰酸背疼了。

03

唐尹又一次见到这个娃娃一样的学姐是在烧烤联谊上。她好像是被室友拉过来的，就像他也是被室友拉过来的一样。对方显然没有什么联谊的意愿，但很有吃的意愿。她和室友坐在一起，缩在长凳的角落里，慢吞吞地咬一只鱿鱼头，非常安详的咀嚼姿态。

真像猫啊。他看着她慢吞吞、默不作声的样子，有点想伸手摸一摸她的头。

这时候，话题忽然引到她身上来了。"你朋友明明就还是个小孩子嘛，你怎么带她来联谊呢？"边上一桌的一个男生说，"我们难道要带坏她早恋吗？"不过他显然知道她的身份，"和这么小的女孩子谈恋爱不会很有罪恶感吗？"说完他自己先笑起来，那种讨好的、让人憋着一口气又不能骂他的语气："嗨呀，小姐姐不要生气哦？我只是开个玩笑。"

唐尹看见林萌初咀嚼的动作停顿了一下，却没有说话。

"那又怎么样？"唐尹在她边上扯了一张凳子坐了下来，"我就喜

224

欢啊。"

"什么啊，"那男生露出夸张的表情，笑嘻嘻地要去拍他的肩膀，"你的喜好真与众不同。"

唐尹站起来闪开了，用那种同样并不很认真的语气回答："喜欢一个健康成年的漂亮女性不是一件坏事吧。"

对方看着他站起来，十分夸张地"哇"了一声，然后上下打量了他一圈："兄弟，你这高得有点过分吧？"他笑着说，"听说长得太高的人没有矮一点的来得长寿？"

"我觉得你应该担心一下自己哦！"林萌初鼓了鼓腮帮子，她终于把那串鱿鱼咽下去了，用那种轻描淡写的语气说，"虽然理论上长得高心脏负担会加重，不过理论上脂肪多心脏负担也会加重，这么算起来他应该比你能活得更久吧？"林萌初歪了歪头，用天真无邪的语气继续道，"再多的人家不知道了，只知道你再这样说话可能出门就会被人套着麻袋打哦！"

那男生终于坐不下去了，随便扯了两句，换了一张远一点的桌子。

唐尹的视线落在她身上，张了张嘴，傻乎乎地打了个招呼。林萌初盯着他看了一会儿，递给他一串烤好的鱿鱼须。

嗯……大狗姑且能吃鱿鱼的吧？

"唐尹。"林萌初突然喊了他一声。

"嗯？"他不明所以，满嘴的鱿鱼须，眨巴了两下眼睛。

"没事。"她笑了一下，小声说，"你这嘴可太甜了。"

唐尹没听清她说什么，凑近了一点问她："小姐姐你刚刚说什么？"

"刚刚我没有在意哦。"她看着他，是那种清澈的、温和而包容的、长大了的人才会有的眼神，她的虎牙又露出来了，"不过你能这么说，我超开心的。"

唐尹忽然顿住了。夜色掩饰了他微微发烫的面孔，他却欲盖弥彰地一把捂住了自己的脸。

林萌初："嗯？"

唐尹："没事。"

她真的太可爱了。唐尹在心里小声尖叫。

04

十月底的时候要弄迎新晚会，唐尹刚被招新没多久就被布置了一堆任务。

最后一天彩排流程走完的时候，就剩下唐尹一个人整理舞台了，他刚打算收拾收拾锁门出去，就听见"卟"的一声，背景框上扣的红字掉了一个下来。

唐尹垫脚试了一下，太高了，连他也有点够不着，找了一圈又没有找到脚手架。这时候，后面音响设备室里慢吞吞地走出一个小小的身影来："怎么了？"对方看见她似乎一怔，"唐尹？"

　　唐尹这才认出来负责音响的是林萌初。她站在那，手里拿着一个U盘。

　　"字掉下来了，我挂不上去。"他向她走近了一点才回答，"太高了。"

　　"找不到垫的东西吗？"林萌初柔声细语地说，"明天借钥匙开门的时候晚会就要开始了，可能来不及。"

　　"没有，"他看起来有点可怜，"我总不能踩三角钢琴去贴吧，会长会杀了我的。"接着他忽然想到了一个办法，犹豫了一会儿，小声说，"小姐姐我有个大胆的想法。"

　　"你说。"

　　"你不要打我。"

　　"你说。"

　　"那个，我把你抱起来，你去贴怎么样？"他试探着说，"这样就应该刚好……了……"他话还没说完就自己先把自己的脑袋抱住了，"对不起对不起！冒犯了！小姐姐当我没说！"

　　林萌初先是一怔，接着叹了口气："没事，事急从权。"她朝他伸出手来，"都是联过谊的兄弟了，这种时候就别在意这种小事了。"

227

唐尹没有想到她是这样的反应，闻言傻乎乎地把红字递给她，接着伸手轻轻一捞就把她举起来了。

　　她伸手把红字的边缘按进框里，听见唐尹在下面嘀嘀咕咕："哇，你一句兄弟，粉红泡泡破完了啊！明明是这种 blingbling 的举高高的氛围！"

　　他的手掌托着女孩的腰，林萌初本来没有什么感觉的，被他这样一说，忽然感觉他的手掌热了起来，是那种带着甜蜜暧昧的薄薄温度。

　　"你在失望什么啊！为什么这么熟练啊！"她呸了一声，飞快地把字嵌好了，想从他身上跳下来，却跳得太急了，险些被他挂倒，唐尹心里一急，扶着她的小腿一不留神把她抓回了怀里。

　　咦？

　　他的头脑一片空白，一时间忘了把她放下了。

　　什么东西在怀里？

　　小小只的，靠着他，带着软软的香气。

　　林萌初在他怀里完全僵住了，像只毛全竖起来了的猫，她冷不丁说了一句："你要的粉红泡泡？"

　　这话显然没过大脑，说完她自己也傻了，挣扎了两下跳出去逃走了。

　　唐尹站在原地"嘿嘿"傻笑了两声，居然没舍得动，自言自语小声说道:"我永远喜欢公主抱!"

05

晚会很成功,开完庆功晚宴以后一群人又去唱了歌,一不留神就弄得太晚了。走正大门要在保安那里登记,林萌初嫌麻烦,打算去钻边门的栅栏。

唐尹看她喝了酒,放心不下她小小的一个人走夜路绕去侧门,就跟她一起去。

那是一个断了一根栅栏的短小口子,对林萌初根本没有任何障碍,她侧了一下身子就进去了,然后在里面笑嘻嘻地看唐尹:"你也进来呀!"

唐尹也喝了一点酒,但还很清醒,想了想决定拒绝:"我还是从正门进来好⋯⋯"话被女孩儿打断了。

"能过来的呀!"她眼睛里闪着星星,面孔上飞着红霞,笑嘻嘻地看着他,"你进来呀!能进来的!"

"那好吧。"他不由得放低了声音,忽然改变了想法。

唐尹发誓那一瞬间绝对是鬼迷心窍。

"刚刚谁和我说我能过来的?"他咬牙切齿。

"是在下哦！区区不才一米四五的在下哦！"对方咯咯地笑着，伸手戳他的腰，"加油！还差一点就过来了！"

"这口子怎么这么小？！"唐尹嘶嘶地说，几乎要佝偻成一小团了。

"加油！副院长养的那只阿拉斯加都过得来，你可以的！"她叽叽喳喳地在旁边捣乱，"我给你拍张照！你这样超好玩的！"

唐尹伸手去够她，结果借着这一动终于卡出来，林萌初却突然把他按住了。

"你别动。衣服勾住了，我来给你解开。"她软软地在他耳边说，发丝落在他的脸边上。女孩侧头去解他勾住的衣角，她身上软软的、浮着酒香的气息飘到了他身上，近得几乎像个拥抱了。

"好了哦！"她有点雀跃地说，只是一点小事，就开心得像个小孩子一样。

唐尹伸手把她捞住："您靠得太近了，我要把持不住的。"

"你要干吗啦？"她用那种虚假愤怒的娇憨声音反问。

唐尹把她抱住了，接着低头在她肩膀上拱了拱。

他感觉到林萌初大惑不解地伸手在摸他的头："什么？你真的是狗吗？"

他忽然应了："是的吧。大概。"

"你喝醉了，小姐姐。"他笑着说。

06

　　海盛的运动会一如既往很盛大。不过大学的运动会和高中的时候不太一样，常常出现班里压根不知道谁报了什么项目的情况。林萌初作为学生会的人被拎到场地去当工作人员，胸口挂了个小牌子，鉴于她的身高，大部分事她都干不了，只能帮忙送送水传传消息什么的。

　　到下午三点多的时候，学生会送小蛋糕给帮忙的工作人员，林萌初跟着小推车走了一圈，最后剩下一些，会长说反正分完了，她可以带回去吃。最后她想了想带着蛋糕蹲在了终点，打算把它们分出去。

　　这时候刚好三千米比赛完毕，终点周围挤满了人，第一名被两个保护员一边一只手架起来就往回走，不过也不是每个人都有保护员，体育老师路过拔了一个萝卜，裁判从裁判席冲下来也捞起了一个，这时候穿黑衬衫的第四名跑过来了，尤其高，过了终点还没走两步，忽然身体一斜，拔山倒树地猛然就磕到了地上，边上人都吓了一跳，裁判吆喝了一嗓子："哪个班的啊？快点给扶起来啊！占着跑道啦！"

　　老师喊了好几声都没人腾出手回应，他趴在那儿用了两下力都没能站起来，可怜巴巴地在地上划拉了两下。

　　林萌初刚巧站在边上，错眼一看发现居然是唐尹，在心里默默叹了口气，她站在他身后，把手掌从他肩下一穿，猛地用了一下力。但她太小了，只能抓起一半的唐尹，唐尹一被架起来就往下滑溜，根本站不住，几乎就是被半拖着离开跑道的。她站在跑道边的草坪里找了足球框，努力地想让唐尹立住，奈何唐尹根本站不住，他似乎整个人都麻了，林萌初一动，他的侧脸就流露出一点痛苦的神情。

"你放开我，我站不住。"她听见对方急促而喑哑的声音，他的眉头皱起来，脸色因为痛苦而发白了，这让他的语气听起来不太好，"别管我！"

林萌初满头大汗，她小声地对他说："努力一下！你太重了，我拉不住你了！"

她当然可以想见，唐尹现在绝对不乐意站着，而且还被她拉得胳膊疼，但她极其执着地拖着他，体育部长说剧烈运动完不能坐不能躺，她牢牢地记着。

她把他的手掌搁在自己肩膀上，让他借着自己用力，唐尹被她逼得没办法，像报复一样地用力捏她的肩膀，等了一下唐尹听见她低声抽气的声音，自己又心软了。

林萌初小猫一样的声音在他胸口轻轻地蹭着，撩拨着他剧烈跳动的心脏。还是那种商量的语气："站一会儿，就站一会儿，站一会儿就好了。学弟你乖。"

"不！"唐尹闷闷地反驳，终于是站住了，"我不乖！"

林萌初看他站住了就要退开："唐尹你不要皮！"

青年一把将她捞住了："小姐姐！腿麻，疼，你还凶我！"

林萌初一听这话果然不动了，被他抓住肩膀就直接把他拖着走起来："走一走就好了，走走就不会麻了。"林萌初扶着他去走空场地，唐尹半撑半搂着林萌初，在空场地上慢吞吞地走，也不说话，走得又很慢，女孩柔软的香气和淡淡的体温从他怀里沁出来，安静极了。他们像一对情侣一样，好像全世界的沸反盈天都和他们没关系。

夕阳把两个人的身形拉得很长，两条影子亲亲密密地贴在一起，相得无间。

唐尹听见背后有两个女生很小声地在咬耳朵："哇！那对情侣身高差好大哦！"

"超可爱的！一米五的女朋友像小猫一样可以揣在怀里带走！"

"可以公主抱！可以举高高！"

唐尹想象了一下，忽然觉得手有点痒。

如果突然把林萌初举起来会是什么样的呢？

她会发出受到惊吓的、小猫一样的惊叫吗？

还是像他们刚见面时一样挠他？

——或者她会低头亲他吗？她像樱桃一样饱满的粉红色嘴唇轻轻碰他的额头，柔软的、婴儿一样的茶黑色头发垂到他的脸颊上。

他被自己的念头吓了一跳。

这两个人忽然学起来了："我是你的什么啊？"

"你是我的优乐美啊。"

"原来我是奶茶啊！"

"因为这样子可以把你捧在手心里哦！"

接着是一串只属于少女的尖叫和大笑声。

林萌初显然也听见了，但是她一直没说话，耳朵尖慢慢地红成一片。

唐尹突然超小声地问："你要做我的优乐美吗？我刚分到的小蛋糕给你吃。"

他的眼神小心翼翼的，把肉骨头推到她面前。

林萌初耳朵上的红晕已经爬到脸上了，但她直着头瞪他，几乎探出爪子尖尖来了："我有一车小蛋糕！你的还是我分给你的！"

唐尹小声地在她耳边说话，气流碰着她热得发烫的耳朵："已经是我的了，我请你吃我的小蛋糕。"

林萌初吸了口气，最后失败地捂住自己已经通红了的脸："闭嘴！

你乖！我请你吃！"

07

那天又是下大雨的天气，唐尹想了想，一把将林萌初抄起来像抱小孩儿一样抱在怀里，女孩嘟嘟囔囔地伸手给他撑伞："别人都是男朋友给女生打伞的！为什么是我给你打伞？混蛋！"

唐尹小声说道："那你把我抱起来，我给你撑伞！"

"我生气了！"林萌初宣布，她掐了他一把，扭头不理他了。唐尹扳着她的脸亲了她一口，把她往背上一放，一只手托住她一只手把伞接了过来："我还能怎么办呢？宠你。"

林萌初哼哼唧唧了一会儿，在他的侧脸上亲了一口。

过了一会儿，他们转了一圈在校门口看见了那块放招生帐篷的空地，架子还没拆完，林萌初突然不说话了。

其实一开始林萌初是认识这个学弟的。

之前招生的时候，他一个人提着行李箱满头大汗地走到他们学院的招生帐篷前，直挺挺的几乎戳到帐篷的顶。学工助理笑眯眯地问他，你要小姐姐带你去体检呢，还是学长带你去体检呢？

那时候林萌初刚刚送走两个学妹，坐在帐篷边上休息，拧了半天瓶盖没拧开。大概是当时她坐着，并没有显出娇小的身高，他十分自然地伸手替她把瓶盖打开了，没等她说谢谢，就不太好意思地说："还是麻烦一下学长吧，学姐看起来很累的样子。"

在他被人领走以后学工助理挤眉弄眼："阿初啊，要不要考虑一下找个一米九的男朋友？差50厘米看起来肯定很配，能把你放进口袋里带走欸。"

林萌初翻了个白眼："配什么配，老鹰抓小鸡吗？"

学工助理特别幸灾乐祸地说："他可以送你去幼儿园。"

士可杀不可辱。女孩拿着瓶子站起来，对天发誓："我林萌初，就算饿死，死外边儿，也不找高个儿的男朋友！"

思及此处，林萌初默默伸手接过了他手里的伞。

唐尹："嗯？"

林萌初："真香。"

END

最 萌 人 设 差
×
世 界 上 最 浪 漫
的 三 个 字

"

Text / 鱼 子 酱

鱼子酱：已出版长篇小说《听
说你很嫌弃我》、短篇主题书
《我们才不搭》，即将上市长
篇小说《你甜了我的夏天》《你
不喜欢我这件事，很严重》。

01

我有个青梅竹马的恋人，叫张青山，平时最大的兴趣爱好就是怼我，所以，我叫他"张怼怼"。

对此他倒是一点意见都没有。

我跟他很小的时候就认识了，至于多小……我妈说，那个时候张怼怼鼻涕流出来都还不知道往里吸，虽然形容得有点恶心，但的确，我们就是那个时候认识的。

一见面就会吵，即便是在话都还说不明白的时候。

因为我妈跟他妈是大学的同学，在入学期间她们还喜欢过同一个学长，所以感情的话，应该算是……很"好"的吧！

"初一，我看你们还是别在一起了，这天底下男人那么多，你不应该在他们家的那棵歪脖子树上吊死。"罗女士第一千零八回苦口婆心地劝我。

"这可不像是一个当妈的人说的话啊。"我正在画着线稿，男主角屁股那里的线条老是描不好，不免让我有些心浮气躁。

"我是不想你以后嫁到他们家被欺负……"罗女士嗑着瓜子，边看婆媳大片边瞄这个她嘴里没出息的我，"青山他妈妈强势着呢，以后的婆媳关系，肯定处不好。"

我把手里的笔一丢，放弃这个翘臀的勾勒："你别把你们大学期间的矛盾转移到我们身上，好吧？我和青山感情好着呢！"

正在这时，桌上的电话响了，是张怼怼给我发了一条微信——

夏初一，你还是不要吃晚饭了，看你肥的那样儿，出门都该卡门框里了。

我深吸一口气，发了一条咆哮式的语音消息过去——

老娘乐意胖，我就是走唐朝风了怎么着？你以为我像你啊？光吃不长，浪费粮食！还有，我家门宽着呢！

可能是声音有点大吧？罗女士被吓得瓜子都撒了一地，我"嘿嘿"地笑了两声，解释道："真正的爱情，就是两个人饶有兴致地吵吵闹闹，然后……"我白眼一翻，在脑海里组织了一下我的语言，"到老了的时候，吵不动了，就能相互依偎了……"

"你不是从不看狗血爱情剧的吗？"

看来，罗女士对我这番言论表示怀疑。

02

身边的朋友都很羡慕我有个青梅竹马的男朋友，特别是在"爱情这东西像鬼一样"的年代，能有段打打闹闹感情却依然稳固的爱情，说什么"我的年少有你，而你的青春有我"之类的煽情感言，是件极其难得的事情。

"初一，你今年该有 26 岁了吧？"同事阿蒙问道。

我还在勾勒男主角的屁股轮廓，含糊不清地应了声："是啊！"

"那你们还不打算结婚啊？"

"不知道啊，才刚吵完架，这几天在冷战呢！"

"又吵了啊？因为什么吵呢？"

我抬起头，笔杆着下巴，想了想："没因为什么，经常为一些乱七八糟的事情争吵。"

"照理说，你们这二十几年的相处下来，应该找不到什么话题了吧？而且你们已经把婚后的七年之痒都过了婚前，照我说啊，事业稳定的时候，爱情也该有个栖息地了才对……"

"管他呢，顺其自然吧！"

虽然表面上说得轻松，但我才不会告诉阿蒙，我和张怼怼这一次吵架就是因为提及了婚姻，而且也是我们认识以来，吵得最不可开交的一次。每次吵架口头禅都不离"分手"二字的我，这一次，虽然一次都没说过，但我却第一次感觉，我们这次可能真的完蛋了。

周边的人除了罗女士外无不羡慕我这段感情，所以，吵架那天，我不敢告诉任何人，独自去喝了酒，醉了后给我妈打电话"报喜"道："这下你满意了吧？"

罗女士在电话听筒里久久没说话，最后冒了一句："'天下大势，分久必合合久必分'，《三国演义》里写的……"

哈哈，罗女士真逗，平时看婆媳大片的人居然也看上了《三国演义》。

03

我和张怼怼是什么时候把友情变质成爱情的呢？

应该是高考毕业的那年吧？

我去读了美院，而他去读了理工大，从小到大都在一起的我们，面临了第一次的分离，而且隔得还不是一般的远。

起初我俩可能都没什么感觉，但有一天，张怼怼给我打来电话说："夏初一，大学里没有了我张青山欺负你，是不是特别的无聊啊？"

当时我鼻子突然一酸，但依然不动声色地回道："张怼怼，理工大的女生可没我这么好欺负吧？"

两人突然就在电话里笑了起来。他说他那边下了好厚的雪，比我人都高；我说我们美院里的全是帅哥，个个都是流川枫。他又说他吃不惯那边的东西；我回答说我们美院的老教授头顶好像更秃了。

你一言我一语的，前言不搭后语，却聊了半个多小时，最后张怼怼说："夏初一，过年来我家吃肉吧？"我说："才不吃你家的肉呢，免得又说我胖。"

张怼怼沉默了一阵，说："吃了我家的肉，就是我家的人了。"

我鼻子一酸，玩笑道："张青山，你胆子大了啊，居然敢撩小姐姐了！"

　　"我明明比你大几个月……"

　　"这么熟下得去手吗？"

　　"不如试试？"

　　我不得不承认，走出大山的张怼怼，好像一夜之间就长大了，我明明记得，他昨天还玩得一身泥被他妈指着鼻子骂呢！

　　暧昧前期，我们俩只能通过电话解相思之苦。以前说话时，总是三两句不对就开始互怼，但现在不会，因为我们长大了啊，已经不是一起坐幼儿园校车去上学的单纯年纪了。

　　"初一，你说接，接吻会是什么感觉啊？"

　　我老脸一红，紧张得差点咬到舌头，这可是我们俩之间第一次触及"敏感话题"。

　　"可能就跟吃肉的感觉一样吧？"

　　隔着听筒，我似乎听到了张怼怼在电话那边咽口水的声音。

　　"张青山，你不准给我想象啊……"

　　"夏初一，下次见面的时候，我们就吃肉吧！"

"你想得美！"

我火速挂断了电话。我还要保持身材呢！不要动不动就给我提"吃肉"的话题。

本来感觉时间过得挺慢的，可是一转眼就到过年了。要在平时，我早就屁颠屁颠地跑去张怼怼家吃他妈包的饺子了，可今年，却退缩了。

满脑子都在回想他的那两句话——"吃了我家的肉，就是我家的人了"，"夏初一，下次见面的时候，我们就吃肉吧"。

虽然几个月没见，对他是有那么一点点的想念，可友情变质后，再面对面时，真的是说不出的尴尬。

"妈，你这饺子里包的什么馅儿啊？"

"榴梿……"

"那这个一粒一粒的又是什么？"

"瓜子仁……"

罗女士，我看你是疯了，居然敢对你的亲生女儿下黑手。

正当我在厕所奋力地抠着喉咙催吐的时候，我爸突然来了句："初一，青山过来了。"

我心里一"咯噔"，刚才恶心的感觉瞬间消散了，连忙起来对着镜子照了照。

因为没睡好，我的眼睛有点肿，还有些黑眼圈，嘴皮有些干，皮肤有些糙，发型还有点乱。天啦，我以前都是这副死样子跟张怼怼见面的吗？！

可能是觉得我待在厕所的时间太长了，张怼怼直接朝里面走了过来，我连忙把门关上反锁，像是做了什么亏心事一样。

"夏初一，你躲在里面干什么啊？"

"张怼怼，你明天再来我家吧！"

"可是我现在就想见你啊！"

"可我现在没脸见你！"

门外沉默了一阵后，张怼怼放弃了，他拍了拍手，说了句："那好，明天再见。"

见门外没了动静，我信以为真，打开门刚松了一口气，突然张怼怼不知道从哪里蹿了出来，把我整个人圈在了厕所的角落。

壁咚！

"张怼怼，你是不是觉得我爸妈太不把你当成外人了？"

"夏初一！"张怼怼特别讨厌地捏了捏我的脸，"我发现我可能真的喜欢你这种丑萌丑萌的女人。"

"你说谁……"

话还没说完，张怼怼就啃了我的嘴。而又在我完全没有反应过来时，扬长而去了。

"青山啊，今天就留在我家一起守岁吧？"客厅里传来我爸的声音。

"不了，叔叔，还没到时候呢！"

还没等我爸问出这句话是什么意思的时候，张怼怼就落荒而逃了。

看来，还是有自知之明的。

我红着脸舔了舔唇，还没到 12 点，心里就不自觉地放起了烟花。

这就是我们的初吻，虽然生涩且笨拙，偷偷摸摸的，还有点像在做坏事的样子，但依然五彩绚烂，每每回想起，还是会让人心花怒放。

04

寒假在一起一个多月后，张怼怼又去那下的雪比我还高的城市读书了。我们第一次尝试了热恋情侣间的分别之苦。我让他买了两张票，本来是打算陪他坐五个站后再返回来，结果却因为人太多，把我们俩给挤散了。

当时我的包全让他拿着，联系不上彼此的感觉，就像隔了整个太平洋。

火车走了，人群散了，在我绝望得想出站的时候，张怼怼突然在后面叫住了我。

他满头是汗，估计是找我给累的，气喘吁吁得像是刚跑完百米冲刺。

这天的阳光很是明媚，明明小时候吃的东西都差不多，他却比我高了整整一个半头，皮肤也白，微微皱起眉头的样子一点也没有平时的吊儿郎当。

　　"对不起，害你错过了火车。"我以为他生气了，所以走到他跟前道了歉。

　　"夏初一，你出门是没带脑子吗？"

　　他声音很大，我被吓得肩膀一耸，虽然平时他怼我的时候，我总有话回过去，但要是我有错在先，便没了回击的勇气。

　　"这么大个人，居然还能在火车站走丢，你记不住我的电话号码吗？不知道向别人借手机给我打电话吗？连小朋友都知道走丢了找警察叔叔，你不会吗？"

　　从小到大，他从没有这么跟我说过话，这"家长式"的语气让我倍感委屈，眼泪瞬间便"啪嗒啪嗒"地往下掉。

　　"初一……"他的声音一下子温柔了许多。

　　"嗯？"我抬起头，眼泪汪汪地看着他，只希望他接下来不会抬手打我。

　　"哎哟……"他放下手里的行李，眼神温柔得如一汪清泉，用手指擦了擦我眼角的泪，"还真是丑萌丑萌的，看得我心都要化了。"

　　"对不起，我下次不会乱跑了……"

张怼怼把我拉进怀里，摸了摸我的头："对不起，刚刚对你说话声音太大了，我是被吓着了，最近人贩子那么猖獗，我是怕你被别人给骗了……"

"我又不是小孩子了……"

"你连小孩子都不如。"说到这里，张怼怼把我抱得更紧了，沉默了几秒后，低沉的嗓音在我耳畔响起，"早知道没了我你什么都不行，我就不会跑那么远去上学了。"

虽然是句否定我人格的话，但我心里还是忍不住一暖，突然就想感慨，"啊，家有男神初长成，幸亏肥水没流外人田啊！"

第二年春节，也是我跟张怼怼在一起两年的时候，我被我爸叫去厨房帮忙。说是帮忙，其实是要我去监督，什么榴梿瓜子仁馅儿的饺子，我跟我爸都不太想尝试了。

等我们把菜全都端上桌子后，来客了，张怼怼居然带着他的父母过来了。

我们两家认识这么久，还是第一次在团年饭的时候坐成一桌。我眼神示意张怼怼，问他怎么回事，张怼怼冲我一笑，好像在说，你一会儿就知道了。

饭吃到一半的时候，罗女士突然开口问张怼怼："青山啊，阿姨听说你交了女朋友，怎么样，漂不漂亮啊，是你们学校的女同学吗？"

张怼怼放下碗筷，朝我看了一眼，看得我心虚地往回一缩。

"不算漂亮，还有点胖，不过很可爱，是……"

我怕他一下子说出我的名字，连忙夹了一个虾放进他碗里："吃虾吃虾……"

这时，张怼怼的妈妈说话了："我很早就跟我儿子说了，找女朋友啊，首先要高。因为他个子本来就高，找得太矮的话，以后小孩子的基因就会受到影响。漂不漂亮倒是其次，但最起码要有气质。最最重要的是，有一个好的专业，以后就能找一份好的工作，我可不想我们青山以后一个人养家太累……"

我嘴里嚼着肉丸子，附和着连连点头。

"我觉得初一的专业也挺不错的。"张怼怼剥了一个虾放进了我的碗里，"以后成了著名漫画家，说不定我还要靠她养着呢！"

这话一出，桌上所有人都吓着了：罗女士正准备舀汤的动作僵住了，我爸一不小心把杯子里剩下的白酒全干了，而张怼怼的父母，跟见了鬼似的看着我。

我呢，被肉丸子给呛着了。

全程最淡定的，就要属张怼怼了，他拿着纸巾，帮我擦嘴时一脸的温柔："初一，我们不用私奔了。"

这话一出，我咳得更厉害了。连忙摆手跟我爸妈解释："不，不是这样的，你们别听他乱说。"

谁知这厮根本不知道收敛，他一脸诚恳地看着罗女士："阿姨，您别骂初一，是我先主动的。谢谢您把初一生得这么可爱，我以后会好好对她的。"说完，还从包里拿出了两个大红包。

在一起一年后，我们就一直在想，怎么跟彼此的父母讲我们现在的关系，毕竟两家人都这么熟了，再说我妈跟他妈的关系……

"张怼怼，不如我们私奔吧？"我当时是这么说的。

"往哪儿奔啊？"张怼怼把身上的钱全部摸出来，"只够打个车啊……"

看我有些丧气的样子，他摸了摸我的头，笑了笑："没事，交给我就行。"

当时，我只当他安慰我说说而已，没想到，却来了个突袭。

后来我问张怼怼，是不是把自己下学期的学费当红包给我爸妈了。张怼怼说，自从有了我后，他已经尽量在独立了，因为以后要拖家带口了。

05

以张怼怼的品性和外貌，要是说没有其他女孩子喜欢他，就太不正常了。

我记得有一次，因为不知道哪里生出来的好奇心，我悄悄地潜伏进了他们的大学同学群，平时也不说话，没事的时候就去里面窥屏。

在一个阳光的午后，我吃饱了有些撑，准备回宿舍睡个觉的时候，群里突然有个女同学跟张怼怼告白了。

消息是这样编辑的——张青山，说好了要对我负责，居然给我闹失踪？

我去，这说话的语气之骄横，都快赶上我了。

一石激起千层浪，群里顿时炸开了锅，连最需要冷静的我也忍不住@了他——张青山，你上次才对我说要对我负责，怎么这么快就找上别人了？

发这句话过去的我，可能是有点看热闹不嫌事大。

我虽然有过类似张怼怼劈腿别人的想法，每次却都止步于"以我对张怼怼的了解，他不可能会是那种朝三暮四的人"，所以，真的发生了这种事时，对我的打击几乎是毁灭性的。

我没有再去看群里那些乱七八糟的信息，而是躺到了床上盖着被子蒙头大睡。不知道睡了多久，最后是被痛醒的，因为吃太多不消化胃痛了。

一看手机，已经过了两个多小时，张怼怼居然没有打电话来解释劈腿事件。我一气之下，发了一条语音信息过去——张怼怼，我已经在医院奄奄一息了，你以后就跟你的小师妹双宿双飞吧！

说完，我便关掉手机，慢悠悠地捂着肚子扶着墙，去了校医室拿药。

我不记得当时是几点了，我只知道回来后我已经睡了，外面下了很大的雨，张怼怼站在我们女生宿舍楼外面，一遍又一遍地叫着我的名字。

我还以为是自己产生了幻觉，站在窗口揉了揉眼睛后又回去睡了。他好像是看到我了，直接就冲到了我们寝室，一路上全是女生的尖叫，可他却像是疯了一样不管不顾。

"你不是要死了吗？"他怒气冲冲道。

我睡得迷迷糊糊，看着淋成落汤鸡的他，反口道："怎么？我没死你很失望啊？"

"我看了你的信息，立马坐飞机赶过来，还去医院找了你一下午，结果你就告诉我，是开玩笑是吧？"

"你都要跟别人好了，还管我什么死活啊？"

他沉默了几秒，捏紧了拳头："如果我们两个连最基本的信任都没有，那么一开始，我们就不该在一起。"

说完，他走了，没有回过一次头。

这是我们第一次吵架，不远千里的，坐着飞机，哪怕是闯进女生宿舍，也要吵的架。

冷战了差不多一个月后，我们和好了，因为"劈腿"那件事，本身就是我的误会。至于那个女同学所说的负责，只是他们网球社的社团活动，张怼怼答应了要教她打网球，结果最后忘记了。

有错在先的我，自然是想方设法地去道歉和解了啊。微信不回，电话不接，没钱打飞的，只好买了张火车票，坐了两夜三天，去到那个大雪就能把我埋了的城市负荆请罪。

为了表示我的忏悔之心，这一个月我差不多瘦了 10 斤，成功脱离了微胖界，而且用"亚洲三大邪术"之一的化妆术把自己化得跟范冰冰似的。

张怼怼看到我的时候，眼珠子都快瞪掉了。

他说："夏初一，你受什么刺激了？"

我说："可不就是受了失恋的刺激了吗？"

他又问："你跑来这里干什么？"

我脸皮薄，就说找了新男友，也是这个学校的。

一说出来，就立马后悔了，我辛辛苦苦排练了好几天的道歉台词全白搭了。

他又问我对方叫什么名字。

我瞎诌，说是网上认识的，绰号"天王盖地虎"。

张怼怼丢下一句："夏初一，你就作吧你！"

要问接下来的剧情如何发展了，其实就跟你们猜的差不多。

张怼怼说，我一说谎，手指头就会忍不住这里抠一抠那里抠一抠，他在八岁的时候就总结出来了。

一个女孩儿不远千里，在火车上吃着泡面，反复地确认自己是不是坐错了车，周围的人，左看像小偷右看像人贩子。这个一路上胆战心惊得觉都睡不好的疑心鬼，能丝毫无损地站在他面前，他所有的气便都没了。

张怼怼当初是这么跟我说的，就是不知道他说的这个女孩儿到底是谁。

"夏初一，你还是不要减肥了，很没有手感。"

"张怼怼，你真是越来越不正经了。"

他可能是怕我这朵花太美，被别人给挖墙脚了吧？

可是我虽然外表看起来意志力不坚强，但我从没有想过要喜欢别人。

"我也是。"

我诧异地看着他。我去！这人已经神到可以读取我的心了吗？

经过这次事件后，我跟张怼怼之间就再也没出现过第三者了。

就因为我上次在群里发的那条消息，让张怼怼成功地戴上了"坏男人"的"光环"，而我，奇了怪了，大学四年，居然都没人追过我。

那些暗恋我的人，你们是不是也太沉得住气了？

06

因为在同一个城市工作，而且我们公司离张怼怼上班的地方也很近，所以为了节省房租，我们俩住在了一起。

两房，平时我们俩一起睡在主卧的大床上，每次吵架后，张怼怼就会去书房的小床将就，而这一次，他似乎不愿意将就了，收拾了几件衣服便离家出走了。冷战的这几天，他甚至一个微信电话都没有。

照我们俩这种谁都不愿意给对方台阶下的性格，和好还不知道是什么时候。短则几天，长的话说不定就是一辈子。

因为一个人，所以我也懒得煮饭烧菜，记得橱柜里还有一包泡面，便拿出来煮。

而正在这时，门口响起了敲门声。

我心想着，是不是某些人沉不住气回来道歉了，可开门一看，却不是他。

来人是张怼怼公司的同事，说是之前打电话给他要资料，整理好后却联系不上他，所以便亲自送了过来。

我连忙道谢，接过厚厚的文件夹，连忙拿出手机给他发了条微信。这是公事，所以，主动联系他，不能算妥协。

等待了差不多五分钟，手机依旧没有任何的回复，我挑着碗里的泡面，开始有些食不知味。

刚才那位同事说，资料很急，我虽然及时地通知了他，可是他可能在忙没看到，所以，还是给他送过去吧！虽然有些麻烦，但我一向是公私分明的人。

嗯，对，这也不算是妥协。

于是，本来饥肠辘辘恨不得把泡面汤都一饮而尽的我，抱上厚厚的文件夹便出门啦！

虽然张怼怼从来没跟我说过他现在住在哪里，但是以我对他深入的了解，简直都不用想。我招了个车，跟司机师傅说了目的地，并嘱咐越快越好。

　　司机师傅瞥了眼我怀里的东西，佩服道："小姑娘很努力呀，这么晚了还加班。"

　　我笑了笑，心里突然就暖了。虽然张怼怼嘴巴里确实没说过一句好话，但他工作起来有时候真的是很拼命，照他的话说，"要多赚点钱，才能让夏初一保持这圆圆滚滚的身材，毕竟是吃了二十几年才长成这样的，掉肉了多可惜。"

　　屁呢！说这话也不害臊！

　　找突然就想起了，我跟张怼怼这次吵架的事。

　　"怼怼，你到底什么时候跟我求婚啊？"

　　"再过几年吧！"

　　"再过几年我就三十多岁了！"

　　"你这娃娃脸，就算三十多岁，看起来也是小孩子。"

　　"我不小了。"

　　"对对对，不小了，哪都大，行了吧？"

　　"张怼怼，你是不是根本就没想过跟我结婚啊？从头到尾，跟我要流氓呢！你知道女人三十岁意味着什么吗？你能等，我可等不起，你要是没想跟我走到老，就不要浪费我的时间。"

　　这一次，我歇斯底里，可能是很多同学整天在朋友圈里晒自己孩

256

子的这件事刺激到我了吧?

"轰隆"一声,天空突然响起一记闷雷,把我从回忆中给拉了回来。这瓢泼般的大雨,感觉砸在身上都会疼,而我,自认为天不怕地不怕的,却像个坏人似的怕打雷。

下车后,我想打电话给张怼怼,可是这才发现手机根本就没带出家门。而来到他公司楼下时,我才发现楼上根本没有亮灯,也就是说,他根本没睡在公司。

初秋的天算不上凉,可衣服被淋湿了大半,我站在完全挡不了风的屋檐下颤抖,此时的我,何止一个"惨"字能形容?

一个女人,处在又冷又饿的情况下,情感这东西,立马就会变得不堪一击。我蹲在墙角,眼泪一滴滴地往地上砸,嘴里"叽里咕噜"地骂着那个不负责任的男人。

可能过了有一个世纪那么久吧,在我想着我会不会因为哭太久脱水而死的时候,眼前出现了一双脚。

这双限量版的手绘板鞋,是我送给张怼怼的第一件情人节礼物。

我几乎想都没想,起身便扑进了他的怀里,然后毫不客气地把鼻涕眼泪蹭在了他身上。

他什么都没说,紧紧地抱着我,轻轻地拍着我的背,像哄孩子似的哄着我,最后他说:"初一,你嫁给我吧!"

我瞬间停止了哭泣，看着他，问："为什么？"

他用手擦了擦我的眼泪，说："我不想别的男人看到你脆弱的时候。我在往这里赶过来的时候就一直在想，会不会有陌生男人来问你怎么了，然后你一定会不管三七二十一，就扑进别人怀里的……"

我吸了吸鼻子，貌似有些没有听懂。

他摸了摸我的头："还有这个丑萌的样子，我也不想让其他男人看到……"

"你这是在吃醋？"

"我是在告诉你，结婚盖章后，你要是还敢跟别的男人走，就会被道德谴责了。"

"我怎么可能做那种事……"

张怼怼就是喜欢搞突然袭击，而且每次都是在我话都没说完的时候。

认识了二十几年，交往了七年，他的吻技早已经练得炉火纯青，让人有些无法自拔。

事后，我问张怼怼，怎么知道我在那里的。他说，起初他在公司附近办事，但一听到雷声，就立马跑回家了。他也把手机落在了公司，可到家后，看到我忘在桌上的手机里给他发的信息，便断定我去找他了，于是便折返了回来。

　　我笑着说，这可能就是我们俩二十几年培养下来的默契。

　　可他却说不是，是因为爱，才会让我们如此的默契十足。

　　之后，我问张怼怼，为什么之前要因为结婚的事情跟我冷战。他说是因为自己还不够强大，怕给不了我要的家。我说家是两个人共同努力共同支撑的。他当时特别肉麻地给我来了句——"我多做一点，你不就可以少做一点了吗？"

　　张怼怼啊张怼怼，你有没有听人说过，你认真说情话的时候，真是太有魅力了！

　　有那么一种人呢，老是跟你过不去，但是你却很想跟他过下去。我和张怼怼就是这样的人。

　　所以世界上最浪漫的三个字是什么？对我来说当然是"张怼怼"啦！

END

,,

专属于你的
心情晴雨手账

专属于你的
心情晴雨手账

今夜月色很美
最萌家世差

×

Text / 叶离

叶离：90后青春言情作者，以其清新又特别的文风，打动无数少女心，已出版长篇《漫长告白》《凉风蓝海和你》。

01

蒋微向黎兮讨债的时候，晚自习刚开始不久，女生正在教室里和同学讨论周末去哪里撒欢。

大学不同于高中，即便是大一新生，晚自习也不过是走个形式，如何度过全凭自己的心情。黎兮被室友们围在中心，你一言我一语半天没个结果，她大手一挥："别争了。我们去迪士尼吧，总没有人反对了吧？"

"周末啊……门票很贵吧？"室友A反应灵敏。

"我看看啊，居然要 500 块！"室友 B 掏出了手机。

"我这个月生活费不多不少，只剩 500 块了。还是算了吧。"室友 C 说出三人的心声。

黎兮最见不得因为钱扫了兴，她们刚从期中考试的炼狱里爬出来，急需去梦幻王国回回血。她豪爽地一拍桌："门票，姐姐包了！顺便在主题酒店住一晚，你们尽管玩！"

黎兮的大方是出了名的。新生报到第一天，她就请室友们吃了学校附近最贵的牛排，之后无数个不想出门的日子，外卖的订单也统统由她来付。更别提三不五时买瓶水打个车什么的，尤其到了谁的生日，黎兮的礼物从来不缺席，还都是价值不菲的高档货。要是有人向她借钱，肯定不会空手而归。黎兮从不主动催，对方也不记得还，时间久了，也就没这回事了。当黎兮的慷慨大度在班里传开后，其他宿舍的女生只有羡慕嫉妒恨的份，甚至男生也悔恨自己为什么不是女儿身。

尽管对于黎兮的慷慨大度，室友们已经习以为常。但此刻她们依然震惊得说不出话来，并在心中浮现出同一个担忧——黎兮家会不会因为她而破产？

不过既然当事人都不介意，她们又何须操这份心。这种时候只管送上滔滔不绝的赞美和感恩就好。

"我们小兮兮最好了！"

"遇到你这样的室友，我何德何能！"

"以后请尽管使唤我，女王大人！"

黎兮很享受这种拥护，二话不说就把迪士尼的门票和酒店定了。

"既然黎兮同学这么阔绰，不如也把欠我的钱还了吧？"蒋微的声音就是这时出现在她身后的。

热闹声戛然而止，黎兮和所有人转过头去，打量一番这个不是那么熟悉的男生，下意识"欸"了一声。

反倒是室友先蹙了眉："你说什么？黎兮怎么可能会欠你钱？"

蒋微盯着困惑的黎兮，道出原委："上周三在一号食堂楼下的便利店，黎兮同学你忘了带手机，是我帮你刷的支付宝。"

黎兮眨眨眼，想起来了，的确是有这么一回事……当时天太热，她走得又急，手机落在寝室里，周围又没有认识的人。正好蒋微排在后面，只能欠他一个人情。

"对的对的，不好意思……我忘了。多少钱？我记得当时买了……"黎兮回忆到这里停止了，她错愕地看向蒋微，像是在和他确认，"一瓶水？"

"对，一瓶怡宝。"蒋微亮出支付宝的支付账单，"1 块 5 毛，麻烦你还给我。"

记忆没有出错，但黎兮总觉得哪里不对，可一时又说不上来。直到室友瞠目结舌地问蒋微："哇靠，蒋微你行不行啊？一个大男人，1 块 5 毛都记这么清楚，要不要这么小气啊？"

对了，就是这个。在黎兮的概念里，1500 元说借就借，借了便不指望对方还。至于 1 块 5 毛……丢在地上，她也不带看一眼的，所以忘了纯粹是没觉得这事值得被记挂。

"1 块 5 毛不是钱么？"蒋微毫不在意此刻聚焦在身上的各种匪夷所思的目光，斩钉截铁地问道。

"是钱，是的的的。"黎兮最怕尴尬，何况为了区区 1 块 5 毛。她赶紧打开手机，"二维码让我扫一下。"

用连手机壳都是奢侈品牌联名款的 iPhone X 照了一下黎兮的脸，蒋微听见清脆的钱落地的声响。他看一眼屏幕，以为自己看错了，又确认一遍，上面的确写着 150 元。

"你是不是……"

黎兮好看地笑一下，打断他："现在两清了吧？多谢了啊，蒋微同学。"

蒋微走开了，室友嘀咕："哎，人长得挺帅的，怎么这么小肚鸡肠啊？可惜了！"

本来这件事到这里就可以画上句号了，可当黎兮背过身去继续和室友讨论游玩的细节时，手机忽然接到一条通知。

男生将多出的钱还了回来。不多不少，148.5 元。

黎兮再没心思去想什么迪士尼，在晚自习下课铃打响前，她不自觉地转头看了蒋微好几次。黎兮觉得室友一半说对了，一半错了。蒋微的确长得挺好看的，比起小肚鸡肠，她倒觉得他蛮有个性的。

怎么之前就没注意到呢？

02

黎兮和蒋微是两个世界的人，一个活在地球，一个住在火星。以至于从人海茫茫之中考进同校同专业同班，也不过是坐在教室前后端，完全没有交集。要不是当时在便利店，蒋微见女生实在窘迫，只好帮她付了钱，估计他们这辈子都说不上一句话。

1 块 5 毛的确微不足道，也正因为微不足道，蒋微成功为班里提供了足够的谈资。于是黎兮也顺道听说了一些关于他的八卦。

比如无论和谁聚餐，从来只付自己的钱。

比如导师生日，全班众筹订蛋糕，蒋微没出一分钱，最后也没碰一口蛋糕。

比如宿舍轮流买饮用水，为了省下 2 元的配送费，他每次都会亲自下楼扛上来。

诸如此类的事情不胜枚举。就连朝夕相处的室友们，对他的评价也逐渐从"真的太节俭了"过渡到"也太吝啬了吧"。而黎兮不知道，他们私底下早就将她和蒋微联系在一起，每次蒋微又做了什么突破吝啬底线的壮举，总会有人以"你看看人家黎兮……"开头无奈地提一嘴。

但没用，蒋微还是蒋微，活脱脱的铁公鸡。到了最后，不知是谁透露的小道消息，说蒋微家徒四壁，穷得揭不开锅，生活所迫才养成这样不遭人待见的性格。

黎兮也是这么猜测的，若不是家境清寒，说实在的，要开口问同学讨要 1 块 5 毛的债款，谁都会难以启齿。只有这 1 块 5 毛对他来说，真的足够重要，才有勇气迈出那一步吧。这么一想，黎兮不免对蒋微又多了几分心疼。

进入迪士尼乐园，室友们就彻底将这桩小事抛之脑后了，只有黎兮还在不停回想那个晚自习。蒋微还回来的那 148.5 元钱始终存在支付宝里，未提现，也舍不得花出去。

直到她在食堂再次遇到蒋微。

当时黎兮和室友等在西餐窗口，单价最贵，人自然也最少。蒋微排在人满为患的队伍里，最终停在了 3 块钱管饱的炒饭窗口前。

室友点好牛排，黎兮直接将饭卡往刷卡机上一放："你们先吃，我离开一下。"

黎兮走到蒋微身边，脑袋探过去，问："这好吃吗？"

蒋微愣了一下，他付掉一份炒饭的钱，说："扬州炒饭还不错。"

"哦……"黎兮脱口而出，"那你请我吃一下呗？"

一阵尴尬的沉默，黎兮看着蒋微，男生也看着她。

"不好意思，不行。"蒋微淡淡说了一句，端着餐盘走开了。

黎兮追上去："3块钱而已，这么小气啊？"

"对。"蒋微在一处空位坐下，"上次问你要水钱，你就应该知道的。"

黎兮一听，好像是她得寸进尺了。她和蒋微旁边的同学打了声招呼，对方很贴心地让开了座位，黎兮顺势坐下，看着蒋微吃卖相不怎么好的扬州炒饭。

见女生迟迟不走，蒋微的筷子顿了顿，没说什么，继续埋头吃饭。

黎兮单手撑着下巴，越看越觉得蒋微好看："喂，既然你那么会催债，不如帮帮我呗。"

"什么？"蒋微转头，"花钱吗？我是说，会花我的钱吗？"

黎兮笑笑摇头："不花你的钱，还让你赚钱。"

蒋微终于放下了筷子："你说。"

"是这样啊，我呢平时慷慨惯了，又不愿得罪人，所以只要有人问我借钱，我都借，也不催着还。外头放着不少债呢。你要是帮我把那些钱讨回来，拿一半回扣，怎样？"

蒋微两眼发亮："你说真的？"

"真的啊。干吗？"

蒋微想了一秒："行。你借出去多少？"

黎兮掰着手指数："本校的话，一、二、三……六七个人吧，具体多少记不清了，小2万块是有的。"

蒋微瞬间瞪大眼睛，心中迅速将这个数字除以2，拿到手的话，未来一年的学费和生活费都不愁了。

"不出三天，保准给你一文不少拿回来。"

果不其然，第三天，蒋微将一万九千的债款完完整整地还给了黎兮。

黎兮叹为观止："你怎么做到的啊？"

"欠债还钱，天经地义。"蒋微说得坦荡。

黎兮很欣赏他的做派，她决定兑现诺言，不知为何，这比收回这笔钱还令她开心。

"我这就把酬劳转给你。"

"不用了。"

黎兮很诧异："我们说好的，不是吗？"

"是，但我不要了。"

"为什么？"黎兮想起把请他帮忙追债的事和室友提起过，小心翼翼地问，"你是不是听到别人说什么了？"

那些刺耳的话，蒋微从小听到大，早就不在乎了。他其实挺想要这份外快的，但如若拿了这笔钱，那追回来的钱对黎兮来说，又有什么意义。但他没解释，而是提醒道："做人大方没问题，但你家的钱也不是大风刮来的。"

黎兮好奇他究竟是怎么讨回这么多外债的，还没等她开口，蒋微已经走远了。

是后来，被追债的朋友恼羞成怒打来电话质问："黎兮，算我看错你了，不就是几千块钱嘛，你至于特意交一个男朋友，让他出马来要吗？"

黎兮不解："男朋友？"

"少装了，人自己亲口说的。"对方复述蒋微的话，"我同学还在身边，他直接说'我是黎兮的男朋友，麻烦把欠她的钱还回来'，够狠的啊！你都出这一招了，谁敢不掏钱啊……"

朋友接下来的抱怨，黎兮都听不见了，她捧着手机，愣愣地站在阳台上，一摸脸，猝不及防的烫。而后她痴笑起来，好像真的恋爱了似的。

03

自那以后，黎兮再也不翘课了，不管是专业课还是副课，节节必到。她不是改过自新决定做个好学生，而是想来看蒋微。蒋微从来都坐第一排，黎兮便放弃了最后一排的宝座，悄悄坐在他身后，盯着他后脑勺，一看就是一节课。

室友们不解："追你的男生那么多，长得帅又多金的也不少，为什么你偏偏喜欢上蒋微那个穷书呆子？就因为他帮你刷了一瓶水，然后来问你要1块5毛钱？"

黎兮非常认真地点头："你说对了，我喜欢上他，还真多亏了那1块5毛钱。"

黎兮行事一向雷厉风行，想到什么就做什么，从不犹豫半分。可在喜欢蒋微这件事上，她忽然迷茫了，不知该如何迈出第一步。

某天，室友都去上选修课了，因为蒋微不在，黎兮便也没去。在宿舍待得无聊，又快到饭点，她只好出门，打算去校门口那家川菜馆定个包厢，点好菜，等室友下课来吃。当她与川菜馆隔着一条街时，竟然看见蒋微和一个女生站在旁边咖啡馆的柜台边。

他们点了两杯饮品，服务员对蒋微说："36块，谢谢。"

蒋微看一眼服务员身后的价目表，说："我们分开付。"然后将自己那部分单给了。剩下女生尴尬至极，赶紧掏手机付钱。

两人各自端着饮品，在靠窗的位置坐下，打开电脑，开始协同进行社团里的工作。蒋微尝了一口手里天蓝色的饮品，味道微酸，一点也不好喝，哪里值18块钱？他皱了皱眉，早知如此，还不如去图书馆。浑然不觉对面女生不爽地连瞪了他几眼。

尽管不知道他们是什么关系，但仅仅只是看着蒋微和女生亲近的样子，黎兮就再没了吃剁椒鱼头的心思，她快步走进咖啡馆，随便点了杯喝的，在蒋微背后的座位坐下。蒋微埋头工作，看不见黎兮正在暗自朝和他共事的女生使眼色。女生忍了一会，实在受不了这莫名其妙的敌意，草草合上电脑："剩下的我回去再做，再见。"

蒋微抬头，还未回神，眼前的座位已经换了人。

"男朋友，你好呀。"黎兮叼着吸管，热情地与他打招呼。

蒋微尚不知晓刚才发生了什么："是你啊……你喊我什么？"

"你不是以男朋友的身份去向我朋友讨债的吗？"

蒋微一怔："……我只是找个合适的身份，没别的意思。"

"我没说不合适啊。"黎兮看他紧张的模样，心里偷乐，"你如果想继续拥有这个身份，我没意见的啊。"

"不知道你在说什么。"蒋微重新看向电脑屏幕。

黎兮盯着他看了一会，越看越喜欢。

"我挺喜欢你的。你要不要挑战一下，做我男朋友？"

"不要。"

男生几乎同时蹦出这两个字，黎兮愣了一下："为什么？连考虑都不考虑一下？就那么不喜欢我？"

蒋微认真答："谈不上不喜欢，至少不讨厌吧。"

黎兮松一口气："那和我谈个恋爱试试啊？"

"不要。"又是这两个斩钉截铁的字眼。

"为什么？"

蒋微略有迟疑，但还是说了："恋爱要花钱，我不想花钱。"

黎兮目瞪口呆，她怎么也没想到男生拒绝自己，竟是因为这个理由。转念一想，这个太好解决啊。

"我们就'环保'恋爱，能不花钱就不花钱。实在要花钱，我来出，多少都行，总可以了吧？"

蒋微叹口气："没办法。"

黎兮以为他答应了，岂料男生却合上电脑，说："我不是那种让女朋友掏钱的人。"

"所以呢？"

"所以我要回宿舍了。"

蒋微端走几乎见底的饮料，出了咖啡厅，丢下黎兮独自怅然若失。好一会儿，她才想明白，说半天，和蒋微恋爱这件事简直就是一个无解题啊。

04

　　每个周末的夜晚，都是大学生们狂欢的节日。尤其是黎兮，周三开始想聚会活动，周四订下计划，周五心早就不在课堂上，只等下课铃打响，立刻赶赴第一线预热。

　　可蒋微的拒绝令黎兮玩乐的兴致大打折扣，好几天都振作不起来。原本这天黎兮打算和室友吃个火锅就散，想到之前催债得罪了一票朋友，她只能逐一通知了一圈，四人小聚最后成了一个包厢才勉强装下的大派对。酒足饭饱之后，黎兮领着大伙去了学校附近最豪华的KTV，一口气付了通宵的钱，又点了满满一桌食物和酒水，当初蒋微讨回来的债一个子也没剩下。

　　朋友们不心疼，黎兮也不手软，站在沙发上，握着麦克风，大吼一声："大家尽情吃尽情唱，不够尽管加！今晚不醉不归！"

　　迷离的灯光亮起，震耳欲聋的音乐响起，所有人打成一片。黎兮端着啤酒在朋友里周旋一阵，默默退到了角落，开始玩手机。从联系人里揪出一个和蒋微同宿舍的男生，发去私聊："麻烦把蒋微的微信给我，谢谢。"

　　对方回："行啊。"

　　可半天没有动静，黎兮发去一个问号。

　　"给你可以，但要买，反正你钱多。"

　　黎兮有些哭笑不得，想钱想疯了吧？但她没这么说，直接问："多少？"

　　"100块！"

　　黎兮便给他转账了100块，对方立刻将蒋微的名片发了过来。黎兮盯着蒋微的微信号，将他加进来只需要一步，可她却迟疑了。她担心这样做的话，会遭到蒋微的反感。思量一番，黎兮决定改天亲自去问他。

就在这时，有个上厕所回来的女生从包厢外探进脑袋："黎兮，我看见你男朋友了！"

自从上次蒋微讨债之后，朋友们对黎兮的这个"男朋友"可谓是印象深刻。听见的人无一不放下麦克风，丢下唱到一半的歌，蜂拥而出。黎兮挤在所有人前头，来到走廊里，果然看到蒋微站在走廊尽头的一间包厢外，而站在他身旁的是一位年长许多身材丰满的中年女人。

"什么情况？"

"黎兮，那个中年女人是谁啊？"

众人议论纷纷，更有好事者抬起嗓音，招呼道："喂，你女朋友在这里，不过来喝几杯吗？"

蒋微注意到黎兮，黎兮也望着他，谁也没说话。

"同学吗？要不我们改天？"中年女人问。

蒋微摇摇头："不用了，我们进去吧。"

随后，蒋微便跟着女人进了包厢。这么一来，走廊忽然安静了，所有人都在朝某个不堪而羞耻的方向联想。黎兮沉默片刻，若无其事地笑起来："好了好了，人家在忙呢，我们唱自己的。我可花了钱的，别浪费呀。"

回了包厢，气氛比先前更高涨了。大家都知道刚才那一幕对黎兮的打击有多大，于是只能全然当作什么也没发生，继续唱歌继续喝酒。

几瓶啤酒下肚，黎兮有点微醺，不知是不是酒精的作用，她的脸发烧似的烫，眼睛也跟着酸胀起来。她丢下酒瓶，出了包厢，来到走廊尽头，愤怒地拉开门，里面坐着几个学生，也是一派热火朝天的景象。黎兮仔细看一圈，问："蒋微呢？"

"走了。"有人答。

"那个打扮得跟妖精一样的女人呢？"

众人面面相觑："……你是说张总啊？也走了啊。你是谁啊？"

张总……这个词像是一根刺扎在黎兮心上。黎兮胃中一阵翻滚，她匆匆跑去卫生间一边猛吐，一边掉眼泪。她真是瞎了眼，看上蒋微这个吝啬鬼，本以为他耿直率真，殊不知为了钱，他居然能做到这个地步。

黎兮毫无形象地扶着墙往回走，当她再次回到那条走廊时，看见包厢门口站着一个人，她将模糊的视线逐渐拉直，微微一怔，是蒋微。他悄悄往她的包厢内看看，然后倚在墙边，没有离开。

黎兮一时做不出反应，只好站在原地。直到蒋微终于注意到她的存在，男生似乎才松了口气，径直走来，上下打量女生一番："女孩子不要在外面喝太多酒。"

黎兮困惑："……你不是走了吗？"

"是走了，又回来了。"

"因为怕我喝醉？"

"算是吧，你朋友里有几个男生风评不太好。"蒋微上前想扶她，"很晚了，我送你回宿舍。"

黎兮避开他："我才不要你送。你去陪你的张总好了，管我做什么！"

蒋微一愣："你认识张总？"

"我才不认识那样的人。"黎兮痛心疾首,"蒋微,缺钱你跟我说啊!你要多少我给多少,你至于作践自己吗?"

"我……"

"你什么你!"黎兮借着酒意越说越激动,"我黎兮是大方是慷慨,但我也有不想拱手让人的时候,也有小气到不想与任何人分享一丝一毫的时候。我不想拱手让人,不想与人分享的,是你,只有你啊!蒋微!"

蒋微收回双手,直直看着泪眼婆娑的女生,良久,才缓缓地说:"张总是我们社团的赞助商,今天我是来和她谈事情的。社员们先到了,我来的时候碰巧遇到她,你才会看见刚才那一幕。这样的解释,你觉得可以吗?"

黎兮眨眨眼:"你,你说的是真的?"

"你有无数种方法求证,只要你想的话。"

黎兮酒醒了,有点窘迫:"那也不能怪我啊……谁看见你们那样都会误会的。"

蒋微并不想深究下去:"我还有事,现在能送你回宿舍了吗?"

黎兮愧疚地点头:"……好。"

走在安静的校道上,虫鸣阵阵,黎兮已经没有醉意,却依然装作步伐不稳,需要蒋微搀扶。平日她总觉得这条路简直太远了,远到怎么也走不完。可今晚,此刻,她却希望这条乏善可陈的路永远都不要有尽头。

一路安静,蒋微忽然说话:"有件事,我觉得有必要提醒下你。"

"不要和男生喝酒?"

"这个也是。"蒋微说,"不过我要说的是,我不属于你,也不属于任何人，所以不存在'拱手让人''与人分享'这一说。黎兮同学，请谨记。"

又不是什么定理公式，还谨记！

黎兮撇撇嘴："知道啦！你现在不属于我。"

"嗯……以后也是。"

"那可说不准。"

蒋微脚下一顿："到了。"

黎兮抬头，发现眼前就是女生宿舍大门。她一把挽紧蒋微的胳膊，可怜巴巴地望着他："你看夜色这么美，要不，咱们再走一圈？"

05

那晚，蒋微抵不住黎兮的死缠烂打，只好再陪她绕着学校走了一圈。第二次到了女生宿舍铁门外，蒋微以为黎兮又要动什么歪主意，没想到女生双手背在身后，郑重向他道谢："谢谢你。"

蒋微有点不适应："……没什么。"

黎兮忽然凝望着他的眼睛，深情款款地说："蒋微，我真的好喜欢你呀。"

蒋微强装镇定："你之前说过了。"

"上次我没加'好'啊！"黎兮满眼都是星星，"所以要重新讲一遍。"

"有什么区别吗？"

"当然了。"黎兮一本正经地说，"喜欢也是分级的。你帮我付钱买水，可能是一级，甚至一级都没有。1块5毛钱，谁也不会放在心上吧？哦，除了你。后来你来催我还，然后又把多的钱退给我，一下子就五级了！

五级啊，就算是风，我也站不太稳了吧？后来你帮我去讨债，还成功了，我就觉得你这个人太了不起了！八级！妥妥的八级！再后来，你拒绝了我的告白，然后到现在，十级了，蒋微，十级了，不能更多了。虽然我想，但不会有比现在更喜欢你的时刻了。你懂吗？"

蒋微额头冒汗，再也拿不出先前强硬的态度："就算你这么说，我也……"

"你不用勉强。"黎兮笑起来，"我说这些不是为了让你接受我，我只是担心不会再有这样的夜晚，你陪我散步，送我回宿舍，我怕我不再有勇气把这些话说出来。你说得对，你不属于我，也不属于任何人。如果是这个理由的话，我完全可以接受。"

前几日，黎兮听说蒋微之前是谈过一次恋爱的，只是对方知道了他的家底，嫌弃他太穷，在朋友面前丢脸，提出了分手。这个夜晚已经足够了，黎兮不想自己成为他的累赘，喜欢不一定要得到，只要他知道了，听明白了，就足够了。

女生走进宿舍之后，蒋微久久没有回神。他的思绪莫名被黎兮的那段话牵引，喜欢可以分级的话，那么他对她的喜欢是几级呢？要说先后顺序的话，他喜欢上黎兮要比她喜欢上自己要早得多。大概是在刚开学那会儿，他以全校第一的成绩考进来，原本他念的是其他专业，却因为交不出学费，不得不退学。不久，消息传到财贸系，有个女生匿名给他捐了款。蒋微向导师打听，才知道对方叫黎兮。蒋微悄悄看过黎兮几次，她始终被女生们拥护着，人缘非常好的样子。一星期后，蒋微决定转专业，与她成了同学。当同学老师都在敬佩她的大方慷慨时，只有蒋微好奇，黎兮这么做的原因看似高高在上受人追捧，可实际上，他并不觉得她是真的开心。或者，她没有自己想象中那么开心。

他和她是两个世界的人，蒋微从未想过和黎兮有任何交集。所以当黎兮开始出现在他的生活中时，他为了掩饰自卑，始终装作毫不在意。那天他去替女生讨债，天知道他费了多大的力气，才有勇气谎称自己是黎兮的男朋友。他怎么也想不到黎兮会向他告白，尽管心中早就兴奋得想要呐喊，却依然只能给出一个令彼此都伤心的答案。

会有怎样的出身，他无法选择。但他至少可以让喜欢的人不因此受伤，他不忍心连累黎兮。

一个男生孤单地站在女生宿舍门口，招来不少路过的女生的注目。蒋微浑然不觉，却也想不出具体的答案。他索性不想了，确定多少级又能怎样？哪怕已是十级，可他对黎兮的喜欢依然还在逐日增加，这个标准于他而言，没有任何意义。

06

蒋微听见黎兮室友的对话，是在之后某天晚自习的间隙。他上完厕所，走到洗手台时，听见走廊里的闲聊里出现了黎兮的名字。

"过两天国庆了，我们要不要一起去哪里玩呀？"

"赞成！去哪里好呢？"

"香港怎么样？我都还没去过。"

"好啊好啊！等会我们就去和黎兮说吧，她肯定立刻就把机票和酒店订了。"

"香港不是购物天堂吗？到时候我们想要什么，还不是一句话的事。"

"说真的，黎兮这个人大小姐脾气大得很，要不是有钱，我还真懒得理她。"

"忍一忍吧，大学四年，我们不亏。"

女生走后许久，蒋微才出来，回了教室。果不其然，她们已经换了一副面孔围在黎兮周围，声情并茂地将感动表现得淋漓尽致。就在黎兮在手机上挑好航班，准备付款时，蒋微一把夺过了她的手机。

"你干吗？"黎兮一愣。

"不准买。"蒋微看向她的室友，"家里穷拿不出钱就专心读书，不要整天想着去玩。实在想去，有手有脚，自己赚钱去。"

黎兮搞不懂了："蒋微，你说得有点过分了，是我要请她们去的。"

室友怒了："就是啊，你算哪根葱啊？我们去玩轮得到你管？自己小气吧啦，难不成还要管别人怎么花钱吗？"

蒋微眼神凌厉地扫过去："不想我管，下次再讨论龌龊事就不要选在厕所门口。"

室友们仓皇对视一眼，缩了肩膀。黎兮问："到底发生了什么事？"

蒋微不满地看着她："你的钱想怎么花，我本来是管不着的。但请你能不能不要傻到去做提款机？这样是能让你得到追捧和人气，但永远买不到快乐！"

黎兮怔住了，她的眼睛一圈圈红起来，良久，才冷冷地说："你跟我出来。"

蒋微随黎兮出了教室，他还握着她的手机，黎兮没要，他也没还。

黎兮在走廊尽头停下，身体倾在栏杆上，望着远处的夜空："你以为我不知道她们心里怎么想的吗？我以前不是这样的，人与人的交往不该建立在钱上面。可是当所有人都知道你家里有钱时，情况就不一样了。你不掏钱，她们就说你小气，然后孤立你诋毁你，最后你不得不转学，去新的地方。可是我不想要这样的生活，我宁愿用钱来买朋友，哪怕不是真心的，我也不想孤单一人。你懂我的心情吗？"

蒋微答：“我懂。”

黎兮转头：“你骗人。”

“我家和你相反，却依然被孤立，以前是，现在也是。我懂你的心情，真的。”

蒋微说得没错，黎兮反驳不了。她羞愧地低头：“你想说，我太脆弱，是吗？”

蒋微摇头：“是你太善良。”

黎兮猛地抬头，忍着的眼泪终于涌上来。

蒋微走近一步：“我不忍心看见你的善良被欺骗、被糟蹋，换来虚假的友情。”

黎兮良久才注意到一个词：“你……不忍心？”

“对。”

“你为什么……会不忍心？”

蒋微迎上女生紧张闪烁的目光，心在胸腔里剧烈跳动，他深呼一口气，干脆将皮球踢给她。

“你觉得原因是什么，就是什么。”

黎兮睁大眼睛，还未来得及确定蒋微究竟是什么意思，男生说：“想出去散步吗？今夜月色很美。”

07

黎兮和蒋微出了教学楼，沿着和那个夜晚相同的路缓缓地走。途经一家便利店，由于频繁光顾，每次都买一箩筐的缘故，老板娘一眼就认出了黎兮这个大金主。

"哎呀，是兮兮呀……"老板娘也注意到蒋微，是那个每次都亲自来搬水的小伙子。这两人怎么凑一块了，"你们是同学呀？"

"对呀。"黎兮笑嘻嘻，径直走向冰柜，转头问蒋微："想喝点什么？"

蒋微从未在这里消费过，甚至一瓶水都没买过，他第一次认真看向那面色彩斑斓的饮料柜："算了，我不渴。"

黎兮捡了两瓶标价最贵的饮料，走去收银台。正要掏手机，发现还在男生那里，转头去找蒋微。他已经出现在了身边，并向老板娘亮出了自己的支付二维码。

"……我来吧。"黎兮以为他是故意撑面子。

蒋微坚持："我说过的，我不是会让女朋友掏钱的那种人。"

"你说什么？"黎兮眨眨眼，以为听错了，"女朋友？女朋友？女朋友？！"

"不是吗？"蒋微反问，"刚才在走廊，我以为你心里是这么想的。"

"是是是！"黎兮绕晕了，只知道现在不停点头就对了。

被喂了一嘴狗粮的老板娘窃笑插嘴："哎呀，真是受不了你们这些小年轻。饮料就不收钱了，请你们喝。"

"不行。"蒋微回绝了。

老板娘挑眉："什么意思？免费你还不乐意了？"

"对。"蒋微将手机靠过去，"我付钱。"

老板娘一脸莫名其妙，扫码，收钱。悄悄问黎兮："你男朋友还好啊？"

黎兮本来也困惑，随即她便明白了，吝啬到连 1 块 5 毛都要追回去，平日从不为他人买单，如今却愿意请她喝饮料的蒋微如此执意买单的用意是什么。

她开心地说："他很好，非常好！"

蒋微候在店门外，等女生出来，警惕地问："阿姨和你说什么了？是不是让你不要和我在一起？"

黎兮故意逗他："对啊。因为太小气啦，连阿姨都看不过去。"

蒋微如临大敌："我就知道！可是你和别人不一样，我愿意把我的身、我的心、我的灵魂……把世界上所有的美好都给你，只要你在我身边。"

黎兮得逞一笑，轻轻垫脚，在他脸颊吻一下。

"我会一直在你身边。"

END

他好像也喜欢我

最萌脾气差 ×

Text / 予棠

予棠：予糖于你，你要的糖
我都有。

01

我喜欢高琰这件事谁都不知道。

一半是因为我瞒得好，另一半是因为说了也没用，一中里十个女生，有九个半都喜欢高琰。他个子高长得帅学习好，简直就是高中女生完美的暗恋对象。

但是只有我知道这个人帅气的皮囊背后有一个无比恶劣的灵魂。

就算如此，我也很喜欢他。

无可救药的那种喜欢。

02

我第一次见到他是在公交车上。

那时候我刚从乡下村里转到城里的这所初中，我妈只带我去过一次学校就认为她的路痴女儿已经认识了路，放心地让我一个人出门了。事实上，我连出了小区门要往哪边转都不知道。

不过机智如我，还是有办法的。我随便找了个和我穿一样校服的人，跟在他屁股后面，他朝哪边走我就朝哪边走。走到最后，我跟着他上了一辆公交车。

按照言情小说的套路，我跟的这个人应该就是高琰本人，但是不是。公交车里塞满了和我穿同样校服的人，那个给我领路的大哥早就淹没在了茫茫人海。我左挤右挤，终于挤到了一处人较少的地方，我刚扶住椅背，扭头就看到了高琰的侧脸。

实不相瞒，我第一个反应不是小说中描绘的那种脑海中涌出的众多的形容词，而是一句特别俗的话：娘欸，这小哥也太好看了吧！

我用明晃晃又赤裸裸的眼光盯着他的侧脸盯了一路。也不知道他发现没发现，我觉得我表现得这么明显，他应该是发现了。

高琰的脸色很臭，满脸都写着四个字：离我远点。

整整一个早上，我都没有好好听课。我思考了很久要用什么形容词来形容我看到他的那一瞬间的感觉，最后在本子上写下了一行字。

像是一切最美好事物的集合。

这是他当时给我的全部感觉。

03

高琰认识我，是在期中考试的时候。

他作为尖子班的尖子生，因为在上一场考试中忘记涂答题卡，结果现在沦落到和我这个中游在同一考场考试的地步。我觉得这就是缘分！

坐我后边那位大哥长得就一副大哥样，开考前他戳戳我的后背，我颤颤巍巍地转过头。他笑出一口大白牙，对我说："妹子，等会儿考试他给我传答案的话，你帮我递递啊。"

我顺着大哥的视线看过去，直直地对上高琰面无表情的一张脸。他冲我轻轻地点了点头，我也跟着呆呆地点了点头。心想：完了，我现在这副样子肯定傻得要命，但是我控制不住我的表情。

大哥挥手，大力在我肩膀上拍了一记，豪气万千地说："妹子，我可靠你了啊！"

或许是因为我身上背负着大哥的期望，考试的时候我紧张得一后背冷汗，感觉现在正准备作弊的人是我一样。其实我也算是作弊的一分子，真是想不到，像高琰这样品学兼优的人竟然也会帮忙作弊。

我深吸一口气，在括号里划了一个飘逸的 C。

刚一停笔，就有一个纸团不偏不倚地砸到我的脑门上。我哎呀了一声后才发现，这是高琰砸过来的。

什么叫艺高人胆大，这就叫艺高人大胆，众目睽睽之下他都能砸个纸团过来，冷静、果决，众多形容词在我脑海中呼啸而过，最终化为一个字：牛！

可是晚了，监考老师已经发现这边的动静，要走过来问我出什么事儿了。

我手忙脚乱地将那个纸团握在手心里，脸涨得通红。慌乱之中，我看见了高琰的脸，他在看我。事实上，当时一教室的人都在看我。

但我眼里只有他一个。

我对走过来的监考老师说："我……我只是这道题填错了。"

老师说了我两句注意考场纪律就走了，我去看坐在前面的高琰，发现他已经转过头去，只留给我一个头发蓬松的后脑勺。

为什么有的人连后脑勺都如此好看。

考完试后，大哥非要请我喝奶茶。我有些怵他，不想去，更不敢拒绝。

大哥叫住收拾好东西准备要走的高琰，说："哎，走，一块去吧。"

高琰瞅瞅他又瞅瞅我，我当时心跳得飞起，生怕他会拒绝，但他最终也没有拒绝一起去这个邀请。

我敢保证，那天喝的奶茶是我这辈子喝过的最好喝的奶茶！

04

在喝过奶茶之后我们三个就莫名其妙地熟识了。

说莫名其妙，是真的有些莫名其妙。

那天喝完奶茶后，大哥问高琰要不要去打球，高琰看了看我，又转头看大哥，嫌弃的意思溢于言表。

大哥问我一会儿干吗，我呆呆地摇摇头，大哥脸上露出了为难的表情。显然，他觉得此时丢下我一个人有些不太地道。

高琰开口说："那就帮我们拿包吧。"

于是我就屁颠屁颠地跟他们去了。

我本质上是个特别懦弱的人，不懂拒绝，随波逐流，导致现在是有些逆来顺受的性格。

　　高琰应该是发现了我这一点，在我们刚刚认识之后就开始不留情面地使唤我，这就是我为什么说他恶劣的由来。

　　打球时帮他拿包只是开始，之后大哥又叫我一起吃了几次饭，我给他们又拿了几次包。

　　再之后高琰他们下午去打球，都会带上我。原来是给他们两个人拿包，后来大哥的志向从球场转向了别的地方，使唤我的人也就变成了高琰一个人。帮他买水，有时还让我帮他打饭，帮他占位，帮他……写作业这事儿不用我帮他，有时我还得仰仗他才能搞完我的数理化作业呢。

　　我真是搞不明白，像他这种每天下午打球、去网吧的人是怎么考到年级前十的！还是每一次！

　　不过高琰对我的态度也慢慢变了，从一开始的目中无人冷若冰霜变成了偶尔还和我说上几句话。

　　我对他的这个改变表示受宠若惊。

　　有时我等他打球无聊，也会做做数学作业打发时间。那一次，高琰不知道什么时候下了场，他头发被汗微微打湿，呼吸也有些凌乱。但我专心做题，没有察觉到他已经走了过来。

　　高琰只瞟了一眼我的卷子，就知道我这道题做错了。

　　"选A，送分题怎么还错。"他看我一副傻不拉叽的样子，叹了口气，俯身在我卷子上点了点——公式用错了。

　　他离我很近，我都能闻到他身上散发出的淡淡的肥皂味道。好像我一偏头，就能亲到他的脸颊。

但我当时身体僵硬，话都说不清楚，傻得要命。

可能是出于肆意使唤我的愧疚，也可能是看我数学分数太惨淡。高琰下午打完球会帮我讲题，他的话不多，讲数学时深入浅出，连我这种理科白痴都能听得懂解法步骤。

说我蠢笨傻简直成了他的口头禅。我做错了题，他也会毫不留情地用笔敲我的头。

我能从他的眼神中看出毫不掩饰的嫌弃以及对我智商的鄙夷。

不想喜欢他了，脾气这么差，一点都没有耐心，哪像人家五班班长，温柔体贴，见谁都脸带三分笑意。我无意识地呢喃出口。

高琰突然停笔看我："你喜欢五班的班长？"

我："……"我在心里拼命地找话解释。

高琰冷冷地哼了一声，低下头不再看我。

我趴在桌子上，小心翼翼地问他："那你喜欢什么样的女生？"

他脸也很臭，板得硬邦邦的，冷得像千年的玄冰，活像我欠他几百万不还似的："聪明的。"

他喜欢聪明的女孩子，而我是个笨蛋。他是在暗示不会喜欢我吗？！

我有些沮丧，蔫蔫地"哦"了一声。

高琰的脸色更臭了。

然后接下来连着好几天高琰对我都没有好脸色。我一直小心翼翼地赔着笑脸，他都没有转变态度。

其实除去他对我态度冷淡、脾气差、不喜欢我这些缺点之外，我觉得他还是挺好的一个人。

有时候我也想过我为什么喜欢他这个问题：只是因为公交车上的惊艳吗？这个理由有些浅薄，我也清楚地知道喜欢他不只是他脸的原因，但是要追根究底让我列出喜欢他的条条框框的话，我真的是列不出来。也有可能是因为他给我讲数学题吧。

哎，喜欢就喜欢吧，要原因干什么，我这样告诉自己。

之后就是中考，成绩出来，我考得也就那样，不好不坏中规中矩，只是数学比预期高过了好多分，我把功劳记在高琰头上，觉得自己又多喜欢他了几分。而且以我现在的成绩，已经能够上一中二中这两个较好的高中的门槛了。

在我正犹豫怎么报志愿的时候，高琰破天荒地给我打了一个电话。我一直以为我电话簿里的这一串数字只是躺在那里，我永远不会拨出去，他也永远不会拨进来，是我少女时期的一个装饰品。

高琰的声音透过听筒传到我耳朵里还是那么的好听有磁性，就算我听了很多遍，但听到他声音的一瞬间我的心尖还是一阵一阵地颤。

他问我："你报哪所学校？"

我吞了吞口水，平缓了一下我跳动得过于剧烈的心脏："我不知道，还在犹豫。可能二中吧，离我家近一点。"

他听我说完，语气一下就冷了下来，说："我报的一中。"

我不知道他告诉我他的志愿是什么意思，可能他是在暗示我和他去一个学校？我不敢多想，只"嗯"了一声。他也没再多说什么，就挂掉电话了。

我最后还是报了一中，其实我觉得高琰就是舍不得我这个丫鬟伺候他。其他的理由我实在是想不出来了，而且我也觉得没有其他理由了。

丫鬟就丫鬟吧，他不说，我也会想办法知道他的志愿，和他报一个学校的。这是一个暗恋者的自我修养。

05

开学报到的第一天，我在人群中远远地看到了高琰。他也看到了我，我看他的脸色柔和了下来。我姑且认为是因为我吧，这样能让我心里高兴点。

下午我们一起去吃了饭，吃饭的时候他依旧不说话，只是把我的碗拿过去，替我挑走了碗里的香菜，完了还没忘记说一声"麻烦"。

我觉得他本质上是个极其贴心且温柔的人。我享受着偷来的他的这份温柔。

事实上，帅的人不论到哪里都是焦点，而且高中的女生比初中那些女生生猛得多。

和高琰吃完饭后我刚到教室，就有一群人来势汹汹地围到了我的桌子边。为首的那个大姐一巴掌拍到我的桌子上，特别凶猛地问我："你和高琰是什么关系？"

我哪里见过这种架势，吓得话都说不利索。而且我和他确实没有什么关系，真要说有什么关系的话，我想了很久，我们俩之间大概是丫鬟和少爷的关系吧。

于是我特别真诚地对大姐说："他是我的表哥。"

大姐立马换了态度，开始亲热地叫我表妹，然后委婉地向我打听了很多关于高琰的事儿，最后还哥俩好地搂着我的肩膀，说："表妹，以后在一中我罩着你。"

我特别想说不用，但是我看着她浓密的假睫毛，拒绝的话没敢说出口。

我真的是太懦弱了！

我是高琰表妹这个消息飞快地传遍了整个学校，头一天对我还满是敌意的女生第二天态度都变得和蔼可亲了起来。

高琰也知道我是他"表妹"这件事了，他看起来不太高兴，脸色比平常更臭。

我和高琰认识了这么长时间，已经能够读懂他的脸色，轻易就能分辨出他是不高兴到哪种程度。至于高兴，这种情绪我就没怎么在他脸上看到过。

我觉得他和我在一起的时候天天都不高兴。他生气的点总是莫名其妙、千奇百怪，不过主要原因都是因为我，都说女人心海底针，我也不知道我做错了什么，只觉得高琰的心思也挺难猜的。

他好几天对我都没有好脸色。我伏低做小赔了很多笑脸、说了许多好话才换回他对我的一声冷哼。

我觉得高琰如果有个外号的话，一定是叫不高兴。不过我不是没头脑，我是没脾气。心甘情愿地哄他，想把这个不高兴哄得能高兴那么一点点。

学校里所有喜欢高琰的人都想从我这里打开缺口，近水楼台先得这朵高岭之花。我也想过近水楼台，但是近了也不一定就能得到，月是水中月，看是看得到，但是触不到。

我费尽心机都没能触摸到的水中月镜中花，她们怎么会轻易碰到。

06

情人节这天，大姐来找我，纵使她脸上化着浓妆，我都能从厚厚的粉底下看到肌肤原本透出的一抹红晕。

她递给我一封信要我交给高琰。我接过那封信，心突然就酸了，像食过千颗柠檬。

那一刻我特别羡慕大姐头，她有勇气，我没有。她可以肆无忌惮地向外界表达她有多么多么喜欢高琰，而我不能。

我太害怕了，我害怕失去，我害怕期待，我害怕我埋在心里的那颗种子不会发芽。

我又期待着那颗种子可以发芽，最终开花。

我应该把那颗种子拿给高琰看的，可我怕他告诉我，这颗是被煮熟的种子，永远也不会发芽，不会开花，更不会结果。

我需要勇敢，可我总是怯懦。

我觉得我永远都说不出那句喜欢，深埋在我心底很久很久的喜欢，我享受在他身边这个朋友的位置。我不敢轻易改变，我怕万劫不复。

我在大课间的时候去找高琰，他看到我来找他还有些意外。我把大姐的那封信递给了他。他眼里有一种我从未见过的东西，那眼神让我突然有些后悔。

我把信塞在他的手里后转身就跑，高琰伸手一抓，就隔着外衣抓住了我的内衣带子。

我愣住了，脸上的热度简直能把鸡蛋煮熟。他"啪"地一下又松开，带子弹回来打得我瑟缩了一下。

我满脸都是羞涩。他气定神闲地好像什么事情都没有发生一样走到我面前，说：“手拿出来。”

我不明所以，乖乖把手伸出来。

他说：“闭眼。”

我乖乖地闭上眼睛。

手心里被放上了一个东西。我睁开眼睛一看，是一块巧克力。

高琰给了我一块巧克力，在情人节这天。

我大脑宕机，半天都没能反应过来发生了什么，他的脸好像有些红，我从来没有看到他这副样子，诱人得有些过分。

他说：“你怎么这么蠢。”

我觉得我确实有些蠢，我不知道他是什么意思，也点了点头，说：“我蠢你又不是第一天知道。”

他笑了，他笑的时候很好看。

像是一切最美好事物的集合。

我的心漏跳了一拍。

他伸手掐我的脸，还捏了捏。我吃痛地瞪他，想把他的爪子拍下去，但是我没有，我立在那里没动，任凭他蹂躏我的脸。

我觉得我做错了一件事。

我把他手里拿着的那封信抢了过来，他不解地看着我，我低下头，期期艾艾地说：“这个你还是别看了。”

他脸上的笑全部收了起来，我觉得以他的智商，他肯定知道这封信是什么了。

他没说话，也没看我，转身就走了。

我低着头，突然很想哭。

07

高琰这次生气的时间很长，他见到我就像看到空气一般，目不斜视地走过。

我想过和他道歉，但是我不知道怎么开口，面对他我总是束手无策。

我喜欢他，从初中到高中，整整两年，这两年来，我努力隐藏自己的感情，努力把自己牢牢地定位在朋友这个位置上。

因为太喜欢，所以太害怕，害怕到不敢将那一点喜欢说出口。我一直在自欺欺人，我知道。

我封闭了自己的感官，只在乎自己心里的那点情感，从来不敢看他。我不知道他对我是什么感情，也从没有想着去了解。我心安理得地占据着他身边的那个位置，贪得无厌。我想让他也喜欢我，哪怕只有一点点也好。

耳机里张敬轩在唱：散聚有时，缘分到一天恍如韩剧大结局，情非得已。

我不想跟他散聚有时，韩剧的结局也不都是大圆满。

我只知道四个字：情非得已。

这四个字可以解释我对他所有感情的来源。

情非得已，那是我控制不了的。我喜欢高琰，这是我控制不了的。

歌曲在我耳朵里淡淡流淌，从"情非得已"唱到了"只记着你曾陪我，瑰丽如诗，你有多爱我何妨别让我知"。

这句话可以反过来，我有多爱他何妨别让他知。

到底要不要让他知道？到底要不要把我心里存着的这一点爱意告诉他。

我想，还是告诉吧。

孤注一掷，破釜沉舟。

08

然而我依旧没有勇气。

我给自己新买了一个小本子，扉页写着"告白进度本"。

高琰很优秀，他是尖子生，是天之骄子，是万众瞩目。而我却是一个普通得不能再普通的人，没有好相貌，没有特长，没有好成绩。

一个平平无奇的我，怎么可能配得上高琰这样优秀的人。

我决定，每当我成绩进步一点的时候，我就在本子上画一个格子，这是你勇气积累的过程，等我把格子画满了，努力优秀到可以和高琰比肩的时候，我就去向他告白。

告诉他，我也是优秀的，配喜欢他的。

可学习真的太苦了，我天资愚钝，虽然高二选了文科能轻松一点，但数学仍旧是我心中永远的痛。

我的练习册写完了一本又一本，成绩也像蜗牛一般，一点一点地向上攀爬。但还是太慢了，像这样的速度，我什么时候才能爬上去，才能在高考后和高琰进同一个学校啊！

晚上放学我走得越来越晚，在教室里我总是很安心，因为高琰也在那里学习。

他还是不和我说话，见了面对我也只是点点头。

我心越酸，斗志越强。

是我做错了，我知道。但我不会就此放弃的，我想让高琰看到一个更好的自己。

那晚我在教室迷迷糊糊地睡着了，等保安大叔叫醒我的时候，我发现自己身上披了一件衣服，衣服上有淡淡的肥皂香味。

桌子上放了一个陌生的本子。我翻开，是一本数学笔记，上面记得工工整整、密密麻麻。

这字迹我一眼就能认出来。

是高琰。

我在第二天放学的时候去一班堵高琰。

他站在我面前看我，面无表情。我心肝肺都在发颤。

他语气淡淡："有事？"

现在的高琰和那天脸红的高琰简直天差地别。

我低头扯了扯他的校服下摆，耳朵红得像是被沸水煮过。

他的视线停留在我通红的耳朵上，我能感觉到。

我说："一会儿一起吃饭吗？"

他说："你就想和我说这个？"

我紧张地咽了口口水，期期艾艾地问他："昨天晚上你……"

他装作一副不明所以的样子，我也不拆穿他，只认认真真地向他道谢。

他面容有些窘迫，最后只说了一句："我要考 A 大。"

我坚定地点点头，说："我知道了。"

高琰没说话，我们俩就这样静静地站了一会儿。

09

进入高三，我的成绩已经差不多稳定在了年级前十。

我爸妈很高兴，说我终于开了窍会学习了。只有我知道是为了什么。

神秘的数学笔记还是会时不时地出现在我的桌子上，每次考试的知识点和易错题都被整理得工工整整的。

我把这些笔记和我的告白进度本放在一起。告白进度本我已经写得很满了，就差最后一场考试的成绩。

进考场那天我口袋里装了一颗巧克力，是高琰给我的那颗，我一直没舍得吃。

考完后我没有主动去找高琰，我想等成绩出来了以后，进度条的最后一笔完成了以后再找他。

我爸妈在考试结束的第一天就带我去了海边。大海很美，夕阳很好看。我想带高琰也来这里，告诉他，你的眼睛比落日更好看。

假期过得很快，查成绩的那天我吓得手在发颤，准考证号输了好几次都没有输入对。

终于进度条加载到了百分之百。我扔下手机。转身就跑出了家门。

我一路跑到高琰家门口，大汗淋漓地气喘吁吁。

高琰出门扔垃圾，他看到了我。

我向他摇了摇手，然后向他走近。

他就站在那里，看我一步一步地接近他。

我走到他面前，闭上眼深吸一口气平缓了一下自己急促的呼吸，然后睁开眼紧紧地盯着高琰的眼睛，那里面是鎏金晚霞，是星河璀璨。

我说："我喜欢你。"

他的表情不是疑惑也不是不可置信，他笑了，像是一直在等我说出这三个字一样："再说一遍。"

我豁出去般地大声说道："我说我喜欢你！"

那颗我心底的种子我终于有勇气拿出来给高琰看了。

至于这颗种子会不会发芽开花，都得靠他告诉我。

我在等一个审判的结果。虽然我已经知道了这个结果，但是我想听他亲口说。

高琰的耳朵有些红，眼神里透露出一种羞怯的情绪，我从来没看过他脸上露出这种表情。

真的好可爱，想亲。

反正告白也告了，亲一口也不算什么吧。

我这个没脾气今天也不知怎么的硬气了起来，我凑过去，踮起脚，在高琰侧脸印上了一吻。

高琰捂住被我亲过的侧脸，活像被非礼了的小姑娘，只呆呆地看着我。他脸上的红愈发明显。

亲完之后我才后知后觉地感到害羞，慌乱地想逃走。

高琰一把拉住我的手腕："亲完了就想走吗？"

我呆住了，努力想分辨出他这话里蕴含的深层次意思。

他笑了笑，又捏了捏我的脸，说："笨蛋。"

我说："啊？！"

他的耳垂更红，说："你怎么能这么蠢！"

我撞进他的胸膛上，他也回揽住我。

我说："你快说！"

他知道我要他说什么，于是他低下头，在我耳边轻声地说："我也喜欢你。"

他说他也喜欢我！

END

专属于你的
心情晴雨手账

专属于你的
心情晴雨手账

专属于你的
心情晴雨手账

| 出 品 人 | 朱家君 | 执行总编 | 罗晓琴 |

出 品 人 ｜ 朱家君　　　　执行总编 ｜ 罗晓琴

总 经 理 ｜ 常驀尘　　　　设计总监 ｜ 李　婕

总 编 辑 ｜ 熊　嵩

执行策划 ｜ 刘伊思梦　周嘉玉　　插图绘画 ｜ 九月响　赵一麟

装帧设计 ｜ 肖亦冰　章　喆　　流程校对 ｜ 刘伊思梦　周嘉玉

　　　　　刘诗怡　　　　　　　　　　　　沈　曼　刘宇

　　　　　　　　　　　　　　宣传营销 ｜ 蒋　惊　蒋　雷

总出品　漫娱文化

关注"@ 糖衣炮弹 MOOK"

投稿及合作事宜：862998740@qq.com

官方群二维码

图书在版编目（CIP）数据

糖衣炮弹 . 3 / 糖糖主编 . 一武汉：长江出版社，2018.12

ISBN 978-7-5492-6152-9

Ⅰ . ①糖… Ⅱ . ①糖… Ⅲ . ①短篇小说－小说集－中国－

当代 Ⅳ . ① I247.7

中国版本图书馆 CIP 数据核字（2018）第 276072 号

本书由天津漫娱文化传播有限公司正式授权长江出版社，在

中国大陆地区独家出版中文简体版本，并取得其他衍生授

权。未经书面同意，不得以任何形式转载和使用。

糖衣炮弹3 / 糖糖主编

出　　版	长江出版社	
	（武汉市解放大道1863号　邮政编码：430010）	
市场发行	长江出版社发行部	
网　　址	http://www.cjpress.com.cn	

责任编辑	吴曙霞	开　本	880mm×1230mm　特规 1／32
装帧设计	肖亦冰　章　喆　刘诗怡	印　张	9.25
印　　刷	恒美印务（广州）有限公司	字　数	210千字
版　　次	2018年12月第1版	书　号	ISBN 978-7-5492-6152-9
印　　次	2019年12月第4次印刷	定　价	36.00元